소
년
원

소년원

펴 낸 날   2021년 10월 25일

지 은 이   김한식
펴 낸 이   이기성
편집팀장   이윤숙
기획편집   서해주, 윤가영, 이지희
표지디자인 서해주
책임마케팅 강보현, 김성욱
펴 낸 곳   도서출판 생각나눔
출판등록   제 2018-000288호
주   소   서울 잔다리로7안길 22, 태성빌딩 3층
전   화   02-325-5100
팩   스   02-325-5101
홈페이지   www.생각나눔.kr
이 메 일   bookmain@think-book.com

• 책값은 표지 뒷면에 표기되어 있습니다.
  ISBN 979-11-7048-294-9 (03810)

소년원

김한식 지음

생각나눔

바스락거리는 소리에 눈을 떠 소리 나는 쪽으로 눈을 돌렸다. 두 마리의 큼직한 쥐 중 한 마리가 식구통(밥을 넣어주는 구멍) 구석에 쌓여있는 건빵 봉지를 쪼아내고 건빵 봉지 안으로 머리를 처박고 건빵을 먹고 있는 것을 보며 소스라치게 놀라버렸다. 온몸에 짜릿한 전류가 흐르는 듯했다. 기절을 하지 않은 것이 신기할 따름이다. 화장실 변기통에는 뚜껑도 없고, 저녁에 취침할 때는 화장실 문을 열어놓고 자야 하기 때문이다. 화장실이 가득 차면 차가 와서 퍼 가야 하는데 가끔은 늦을 때가 있다. 그렇게 되면 하층에는 변기통 가까이 올라온다. 변이 올라온 상태로 잠을 자다 보면 변 사이로 쥐들이 올라와 여러 사람이 자고 있는 방을 휘젓고 가는 게 허다한 일이다. 특히나 신입이 들어오면 변기통(화장실) 입구에서 잠을 자야 하기 때문에 잠을 자다 쥐와 눈이라도 마주치게 되면 기겁을 하며 소리를 지르다가 옆에서 잠을 자는 동료들을 놀라게 하기도 하며, 또한 다른 사람보다 냄새를 더 맡아야 하는 불편함이 있는 이곳은 교도소이다. 이렇게 교도소의 생활에 젖어가고 신입이 들어오면 고참으로부터 구타를 당하고, 영치금 갈취당하고 잡다한 일도 도맡아 해야 한다. 화장실 청소, 설거지,

방 닦고 쓸고 휴식을 취할 틈을 주지 않는다. 이 순간부터 이곳에 왜 들어왔을까? 다시는 이곳에 들어오지 말아야지 후회를 하게 되고, 잠자리에 누워 서러움의 눈물을 흘리며 몇 날 며칠을 보내게 된다. 시간이 흐르고 한 사람이 나가고 나면 다른 사람이 들어오고, 조금의 여유가 생기고 나면 처음 들어와 힘들었던 순간을 잊어버리고 조금 친해졌다고 이야기도 하고 웃기도 하면서 조금씩 조금씩 고통스러운 나날을 잊어버리고 만다.

사람마다 다 다르지만 어떤 사람은 눈을 뜨면서 눈을 감을 때까지 책에서 눈을 떼지 않는 사람도 있다. 이곳은 죄명(사기, 절도, 폭력, 강도, 등)별로 구분을 해서 수용을 한다. 이러다 보니 사기 방에서는 사기 치는 방법을 배우고, 절도 방에는 도둑질하는 방법을 배우는 경우가 가장 많다고 한다. 어떤 사람이든 잘하고, 못하고 하는 것은 중요하지 않다고 한다. 생활이, 그리고 경제가 사람의 자리를 바꾼다고 하듯이 듣고 배우고 했다고 해서 그대로 써먹고 그러지는 않는다.

"야!"

"왜?"

"갈래?"

"어딜?"

"밖에."

"미친 새끼."

"나갈 자신 있어."

"네가 생각하는 것처럼 쉬우면 누구나 나가게?"

"그러니까 하자는 거지. 남이 할 수 있는 것을 한다면 그건 그냥 평범한 거잖아."

"모르겠다. 그런 생각을 해본 적이 없어서."

"시X, 뭐 나가고 보는 거지."

| 차 례 |

1.
탈 출

단 하루를 살아도 자유만 있다면 난 그 길을 택하고 싶다.

눈이 조금 내렸지만 강하게 밀어붙이는 바람 때문에 창문을 닫아 놓아도 틈새로 밀려오는 바람은 생활관 전체를 시베리아 벌판에 있는 것처럼 얼어붙게 하는 하루였다.

어떻게 하루가 가버렸는지 모른다.

마음속에는 온통 밖의 생각뿐이어서 그랬나 보다.

1월이 끝나가는 마지막 주말이다.

닫혀있던 창문을 열자 창밖으로부터 들어오는 바람은 얼굴을 때리며 온몸에 차가움을 피부로 느끼게 한다.

2층 복도 끝에 있는 세면장은 열다섯 개의 수도꼭지가 달려있다.

인원이 많다 보니 한꺼번에 15명씩 들어가 세면을 하고 양치를 한다.

낮에 자유시간에는 아무 때나 세탁을 할 수 있으며, 밤에도 시간의 제재를 두지 않고 세탁을 할 수 있도록 되어있다.

상호가 먼저 세면장에 들어와 기다리자 한 사람 한 사람씩 모이기 시작한다.

형철을 비롯한 총 여덟 명, 서로 느껴지지는 않지만 떨고 있을 것이다.

지금은 자유라는 것에 모험을 걸고 있다.

보고 싶은 가족, 좋아하는 여자, 좋아하는 친구의 생각, 놀고 싶어 미칠 것만 같은 자유를 갈망하며, 환상을 꿈꾸며 현실로 달려가기 위한 크나큰 모험을 하고자 하는 것이다.

몇몇은 낯이 익지만, 서로 잘 알지 못하는 얼굴도 끼어있었다.

수도꼭지 하나를 틀었다.

'쏴' 소리를 내며 고요의 적막을 깨뜨린다.

다시 다른 수도꼭지 하나를 돌리자 조금 전에 들렸던 소리와는 달리 묵직한 소리를 내며 첫 번째 수도꼭지에서 들리던 물소리와 합쳐진다.

시작도 하기 전부터 몸을 떠는 아이도 있다.

모두 긴장을 하고 있었다.

"걸리면 다 X 되니까 모두 각자 맡은 일은 확실하게 하자."

상호가 조용히 말을 꺼냈다.

"너희 다섯은 빨래하는 척하고, 너는 선생님이나 누가 빨래하러 오면 바로 말하고, 나하고 형철이는 철창을 자른다."

다시 한 번 상호가 말을 한다.

리더가 된 상호의 말에 모두 따라주고 있었다.

걸리는 순간 어찌 될지 모두 알기 때문이다.

계속해서 몸이 소리 없이 떨리기 시작한다.

"아, 손 시려." 한 사람이 세면 대야에 물을 받아 속옷을 담그며 손이 찬물에 닿자 차가움을 표현한다.

쇠톱을 반으로 부러뜨렸다.

순간 '텅' 소리가 세면장 한 켠을 울렸다.

하지만 수도 물소리 때문에 밖으로 흘러가지는 않았다.

손잡이가 없어 손잡이 부분을 런닝을 반으로 찢어 감싸자 손잡이가 편안하게 만들어졌다.

손으로 잡기가 편했기 때문이다.

창문을 열었다.

찬바람이 조금 열린 틈 사이로 강하게 들어 온다.

갑자기 들어 온 찬바람은 얼굴을 아리게 했다.

한 사람은 조그만 거울로 선생님이나 또 다른 동료가 세탁하러 오는가 망을 보았고, 두 명은 교대로 철창을 자르기 시작하였다.

아무리 톱질을 하여도 티가 나지 않았다.

이제 겨우 5분도 되지 않았는데, '과연 이 철장을 끊을 수 있을까?' 겁이 나기 시작했다.

아무리 자르고 잘라도 그대로인 것만 같았다.

"야, 바꿔!"

철장을 자르는 엄지와 검지가 마비가 오듯 아파 왔다.

상호와 철창 자르는 것을 바꿨다.

형철과 상호는 자주 바꿔가면서 철창을 자르고 있었다.

유난히 수돗물 소리가 요란스럽게 들렸다.

이미 열 개의 수도꼭지 중 다섯 개가 틀어져 있어서 다른 소리는 들리지 않았지만, 새벽이라서 그런지 신경이 날카로워서 그런지 형철의 귀에는 물소리가 크게만 들렸다.

다섯 군데의 수도꼭지 밑에는 속옷과 양말 그리고 평상복이 깔려 있고, 빨랫비누로 거품을 내어놓는다.

손이 깨질 듯이 얼얼하다.

"야, 망 잘 봐라."

하지만 모두 각자의 일에 책임을 지듯 차가운 손으로 각자 가지고 나온 옷에 물을 적시고 비누칠을 하고, 우리는 진짜로 빨래를 하고 있었다는 완벽한 연기를 배우보다 더 잘하고 있었다.

이제는 모두 완벽한 공범이다.

최선을 다할 수밖에 없을 것이다.

이렇게 모든 준비 과정을 마치고, 빨래를 맡은 아이는 정말로 빨래를 하듯 비누칠을 하고 손으로 비비고 물로 헹구면서 최선을 다한다.

한겨울이라 두 손을 입으로 갖다 대며 호빵을 불어 식히듯 입김으로 손에 따뜻함을 불어넣기도 한다.

그리고 나머지도 세탁을 시작했다.

아니, 하는 척하였다.

자정이 넘어서고 있었지만, 수돗물 소리는 쇠톱 소리를 막아주어서 별 지장 없이 진행되고 있었다.

2층에서 철창을 자르고 탈출하리라고는 누구도 상상하지 못하고 있을 것이다.

지금까지 단 한 번도 생활관에서 탈출한 소년원은 존재하지도 않았다.

어쩌면 지금 우리가 아무도 생각하지 못한 엄청난 일을 하고 있는 것이다.

"띵, 띵."

누가 오나 망을 보고 있던 재영이의 다급한 목소리였다.

가만히 있던 동료들은 재빠르게 빨래를 하는 척 빨래에 비누칠을 하고, 어떤 친구는 빨래를 짜는 척하기도 하였다.

몇 명이 세탁을 하러 왔다 갔다.

"띵, 띵!"

"선생님 온다."

망을 보던 재영이 다급하게 말을 하였다.

모두 두근거리는 마음으로 선생님이 왔다 가기만 기다린다.

"오늘은 빨래하는 사람이 왜 이렇게 많아? 빨리하고 들어가서 자."

"예, 알겠습니다."

뚜벅뚜벅 선생님의 발소리가 멀어지고 있었다.

형철이 말을 하였다.

김철민 선생님은 늘 원생들을 따뜻하게 배려하고, 무엇이든 고민이나 상담할 일이 있으면 편하게 얘기하라고 말씀하시는 좋은 선생님이다.

언제나 따뜻한 분이시다.

선생님이 세면장을 돌아보고 다시 지나간다.

긴장이 풀린다.

왠지 선생님에게 죄책감이 든다.

두 시간에 한 번 정도 선생님이 시찰을 하였다.

두 번 선생님께서 세면장을 왔다 가셨고, 이번에는 선생님과 얼굴을 마주치지 않으려고 모두 등을 돌리고 빨래를 하는 척하였다.

늦은 시간에도 공부를 끝내고 세탁을 하기 위해 세면장이 들르는 동료가 있으면 끝날 때까지 기다렸다가 자르려고 하니 시간은 자꾸만 지체되었지만, 우리는 꾸준히 최선을 다해 톱질을 시작하였다.

어차피 톱질하다가 잡히나 도망치다 잡혀도 맞는 것은 마찬가지였다.

티끌 모아 태산이라 했던가? 천 리 길도 한 걸음부터라 했던가?

길게도 느껴진 시간의 허락이었을까?

철창을 자르던 쇠 톱날이 자르던 자리를 벗어나게 되었다.

'텅.'

"끊었다!"

형철이 한 가닥의 철창을 끊었다.

모두 철창이 끊어진 부분을 바라보았다.

각자의 표정도 환희에 차있는 표정이었다.

새벽 세 시가 되어 가면서 한 가닥의 철창이 끊어진 것이다.

철창이 끊어지는 순간 앓던 이가 빠진 것처럼 시원해졌다.

하지만 이것으로 끝난 것이 아니었다.

철창의 두께가 손가락 마디보다 더 두껍기 때문에 휘어지지 않아 다시 위쪽을 좀 더 잘라야만 되었다.

우리는 계속 톱질을 하였고 절반 정도의 철창을 잘랐다.

그리고 둘이서 끊어진 철창을 잡아당겼다.

서서히 한 가닥의 엿가락처럼 철창이 휘어져 갔다.

그리고 사람이 빠져나갈 수 있는 조그마한 공간이 벌어졌고, 모두 환희의 표정을 읽을 수 있었다.

한 사람은 계속 세면장 밖을 망을 보았고, 한 사람씩 한 사람씩 2층 세면장 구멍 철창 사이로 스며들어 빠져나가기 시작했다.

한 명, 그리고 두 명, 일곱 명의 동료가 빠져나왔고, 마지막 한 명까지 모두 세면장을 벗어나는 데 성공하였다.

마지막으로 벗어난 동료는 벗어난 철창살 구멍을 향해 옷으로 뚫린 구멍을 안 보이도록 걸어놓았다.

만약 누가 세면장에 들어와도 뚫린 구멍에 걸쳐있는 옷을 걷어내기 전에는 철창을 끊고 도주한 사실을 전혀 모를 것이다.

만약 아침 기상 때까지도 모른다면 인원 점검 때는 정확하게 알 것이다.

2층 창밖으로 벗어난 우리는(세면장은 2층이었고, 철창 밖 바로 밑에는 약 20센티미터 정도의 발판이 있었다. 만약 발판을 조금이라도 헛디디거나 몸이 2층 벽에서 떨어지면 곧바로 1층으로 떨어지게 되고, 떨어지는 소리와 함께 탈출은 실패하게 되는 것이다.) 그곳에 발을 받치며 양 손은 벽에 쫙 펴서 붙이고, 몸도 벽에 붙인 채 살금살금 벽 끝으로 이동을 하였다.

2층 벽 끝에는 1층 슬레이트 지붕으로 연결되어 있었다.

이곳까지의 거리는 불과 10여 미터에 불과 하지만 만에 하나 실수로 한쪽 발이 헛디디거나 벽에선 10cm 이상만 떨어져 있어도 중심을 잃고 1층 바닥으로 떨어지는 것이다.

다행히 한 사람도 낙오자가 없이 슬레이트 지붕 위에까지 무사히 올랐고, 이제는 식당으로 연결된 100여 미터의 지붕을 지나야 밖으로 통하는 높은 담까지 다다를 수 있었다.

마치 첩보영화의 한 장면처럼 한 줄로 엎드려 기어가는 모습이 어둠 속의 그림자가 보여주고 있었다.

"야옹." 슬레이트 지붕 어디선가 도둑고양이의 소리가 들렸다.

사소한 소리에도 예민한 탓인지 잠깐 숨을 돌리고 다시 끝을 향해 기어가기 시작했다.

"야, 소리 내지 말고 조용히 조용히."

누군가가 어둠 속을 향해 말했다.

형철의 가슴은 두근거리고 있었다.

모두 형철의 마음과 같을 것이다.

어떤 이유에서든 지금은 도주 중이고, 이곳을 벗어나야만 한다.

이곳을 벗어나 담장 밖으로 벗어나야만 한다.

모두 슬레이트 지붕을 벗어나 바닥으로 내려오는 데도 성공을 했다.

담 위에는 철조망이 둥그렇게 말려져 있어 몸이 살짝 스치기만 하여도 철망 가시에 찔린다.

아무런 미행과 추적도 없이 우리 여덟 명의 탈주자들은 지붕을 포복으로 통과하고 높은 담을 향해 철조망을 넘어서 드디어 소년원의 테두리를 완전히 벗어날 수 있었다.

몇 명의 공범자들은 철조망을 넘을 때 몸이 철 가시에 긁혔지만, 모두 무사한 것을 보고 안심했다.

여덟 명의 공범자 모두 한 사람의 낙오자가 없이 자유의 도시에 우뚝 서있다는 것에 서로를 바라다보며 웃음 지었다.

우리는 모두 '소년원'이라고 가슴에 쓴 녹색 체육복을 입고 있었다. 조금만 있으면 날이 밝아올 것이다.

날이 밝으면 우리가 탈출한 것을 알 것이다.

어쩌면 지금쯤 알아 난리가 났을지도 모른다.

어찌 되었건 빨리 이곳에서 멀리 떨어져야만 했다.

여덟 명의 도망자가 된 우리는 소년원 멀리 계속 뛰기 시작했다.

뛰면서도 남의 마당에 널려져 있는 옷을 몰래 걷어서 입었고, 신발도 좋은 운동화로 바꿔 신으며 힘차게 뛰었다.

뛰면서 느끼는 희열감은 불안과 자유가 한몸에 엇갈리고 있었다.

하지만 무엇보다도 좋은 건 소년원을 벗어났다는 자유였다.

서서히 여명이 오고, 사람들이 하나둘씩 길을 걷는 모습이 비쳐 온다.

탈출한 동료들은 동네가 각자 달랐다.

모두 자기들의 동네로 간다고 한다.

"모두 행운을 빈다."

이름도 잘 모르는 한 명이 말을 하였다.

이렇게 8명의 탈출 동기들은 뿔뿔이 흩어졌다.

아니 어쩌면 둘, 또는 셋이서 갔는지도 모른다.

형철은 홀로 남게 되었고, 생각나는 곳이라고는 천호동밖에는 없었다.

한참을 뛰었다.

자동차의 경적 소리가 하나, 둘 들리고 도로를 달리는 자동차들도 하나하나 늘어나고 있었다.

버스가 보인다.

이제 아침 다섯 시가 넘었다는 이야기다.

아침 다섯 시가 넘어야만 버스가 다니기 때문이다.

형철은 승객들이 모두 탄 다음에 버스에 올라탔다.

형철이 버스 요금을 지불하지 않고 머뭇거리고 있으니 버스 기사가 형철을 바라보며 무슨 말인가 할 것만 같은 표정에 형철인 먼저 버스 운전사에게 "차비가 없는데 한 번만 봐주세요."라며 사정을 하자 버스 운전사분은 버스를 태워주셨다.

인정머리 없는 기사를 만났다면 안 태워줬을 텐데 운이 좋았는지 한 번에 버스를 탈 수 있었다.

두 눈을 감고 숨을 들이마셨다.

생각일까?

공기가 새롭게 느껴졌다.

입을 벌리고 공기를 마셔본다.

좋다.

공기가 좋지는 않을 것이다. 하지만 그렇게 느껴지는 것이다.

이유 없이 좋은 이유는 무엇일까?

어디인지도 모른 채 많은 정류장을 지나서야 버스에서 내릴 수 있었고, 이렇게 두어 번 정도 무임승차를 하며 낯익은 동네 천호동까지 무사히 도착할 수 있었다.

새롭다.

내가 살던 동네 천호동. 이젠 죄짓지 않고 착하고 열심히 살아야
지. 다시 한 번 굳게 다짐을 한다.

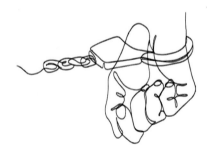

2.
유치장

1985년 가을. 경찰서는 곳곳에 철문으로만 되어있다.

문을 여닫는 소리가 징그럽게 싫기만 하다.

경찰서 형사계에서 조서를 마치고 유치장이라는 곳에 들어섰다.

입구에 들어서자 타원형으로 되어있는 철창이 제일 먼저 눈에 들어왔다.

1호실 여자, 2호실 이렇게 1층이 6호실 2층까지 포함하여 12개 실이 보였다.

1호실 여자라 쓴 방에는 세 명의 여자가 보였고, 2호실부터 호실마다 사람들이 많아 보였다.

형철과 친구들이 철창문 쪽을 바라보자 "눈 깔아라." 철창 안에서 묵직한 소리가 들려왔다.

철창 안에는 낯모르는 여러 사람씩 군데군데 갇혀있었다.

형철과 함께 형철의 친구 둘이 함께 들어왔다.

우리는 경찰관이 시키는 대로 모두 옷을 벗고 바지의 벨트를 빼고 양말을 벗었다.

양말과 벨트는 무기가 될 수 있다고 이곳에서 나갈 때까지 보관을 해야 한다고 한다.

주머니에 있는 모든 것을 보관함에 넣고 한 사람씩 인원이 적은 호실로 안내되어 형철이 들어선 호실은 3호실이었다.

공범은 같은 방에 들어갈 수 없다는 것이다.

한가운데에는 책상이 하나 놓여있고, 경찰관이 하루씩 교대로 종일 그곳에서 앉아있다고 한다.

유치장 한가운데 기둥에는 '헐벗고는 살아도 죄짓고는 못산다', '남의 눈에 눈물 내면 내 눈에는 피눈물 난다', '진심으로 뉘우쳐서 밝은 내일 약속하자.'라는 문구가 큼직하게 써있었다. 밑에는 철제 책상 하나와 흑백텔레비전이 놓여있었다.

유치장에는 형사범은 1일에서 10일 안에 검찰로 송치가 되며, 검사가 영장을 기각하면 바로 석방이 된다.

구류범은 1일에서 최고 30일 안에 석방이 된다.

이곳에서의 면회는 하루에 두 번도 되고, 몇 번씩 면회를 하기도 한다.

규정된 시간에 잠을 자고 규정된 시간에 일어난다.

하루 종일 철창을 바라보고 부동자세로 앉아있는다.

옆 사람과 이야기도 금지되어 있다.

담당 경찰관 몰래 이야기를 하기는 하지만 방이 많다 보니 웅성거리는 소리가 커지는 것이다.

신입이 들어오면 담배를 가지고 들어오는 사람도 있다.

경찰관 몰래 담배를 철창 안으로 던지는 사람도 있었다.

물론 경찰관에게 주머니에 있는 것은 모두 보관을 하지만 담배나 라이터는 압수를 한다. 압수한 담배와 라이터는 담당 경찰관들의 몫이다.

유치장 안으로 담배를 던질 수 있는 사람은 전과자만이 할 수 있는 일이다. 간땡이가 부은 사람은 전과자 아니라도 할 수 있는 일이긴 하지만 말이다.

유치장 근무하는 담당의 눈치를 보며 화장실에서 담배를 피우기도 한다.

화장실은 방 끝에 있고, 문 높이는 약 70센티미터를 넘지 않기 때문에 밖에서 보면 얼굴이 가려지지 않는다.

냄새 또한 진동하는 경우가 많다.

담배를 피우지 않는 경찰관이 근무할 때 담배를 피우면 즉시 발각이 된다. 발각되면 그 방을 구석구석 뒤져 담배를 찾아내기도 하고, 찾지 못하기도 한다. 아무튼, 걸리면 기합을 받는 것으로 끝이 난다.

식사는 관식과 사식으로 구분되어 있다.

관식은 무료로 제공되는 밥이며, 반찬으로는 단무지 몇 개가 전부다.

하지만 사식은 본인의 돈을 지급하여 구매하기 때문에 계란후라이도 들어있고, 김치와 몇 가지의 반찬이 들어있다.

여기에서도 빈부의 차이는 확실하게 구분을 하는 것 같았다.

이곳에서 7일을 보내는 동안 소매치기 5범의 전과자라는 아저씨의 이야기에 시간 가는 줄 모르듯 지나가 버렸다.

그리고 형철 또래의 아이는 자전거를 두 번 훔쳤는데 경찰관이 빈집도 털었지 않았냐며 해서 그런 적은 한 번도 없다고 하였더니 물고문까지 하면서 했다고 하게 만들어서 자전거 절도에 빈집까지 들어가 도둑질을 한 것으로 조서를 받고 유치장에 왔다고 했다.

옆에 있는 아저씨가 그러면 징역을 더 살아야 한다며 검찰에 가서 절대로 하지 않았다고 하고 경찰관이 고문해서 거짓 자백을 했다고 하라고 일러주었다. 진술하다 보면 검사가 '만약 재판할 때 진술이 다르다 하면 형량을 더 많이 준다'고 협박을 하는 검사도 있다고 했다.

그러니 검사가 말을 들어 주지 않으면 판사한테라도 꼭 말을 해야 재판을 받고 나올 수 있다고 알려주셨다. (당시에는 경찰서의 진술은 검찰에서도 그대로 적용을 시키는 일이 많았다고 한다.)

유치장에는 아침을 먹고 조금 있으면 검찰에 송치할 사람의 이름을 부른다. 토요일과 일요일을 제외한 날에는 매일 몇 명씩 검찰에 송치된다. 교도소에 한 번이라도 갔다 온 사람은 하루라도 빨리 송치되기를 바란다. 교도소에 가면 이곳처럼 답답하지 않고 자유롭고 편하다는 것이다.

하지만 형철은 가기가 싫었다.

가기 싫다고 가지 않는다면 얼마나 좋을까마는 10일 안에는 무조건 가게 되어있다고 한다.

이렇게 7일의 시간이 지나는 날 검찰에 송치라며 손목에 수갑을 차고 수갑 찬 손목 위로 포승줄을 묶어 양팔에 휘어 감듯 묶은 다음 다시 포승줄을 앞사람부터 세 명, 네 명씩 굴비를 엮듯이 포승줄을 연결해서 다시 한 번 묶는다. 수갑을 풀어도 세, 네 명이 이어져 있기 때문에 도주를 방지하기 위한 수단이라고 한다.

검찰에 송치하는 날 송치시키는 담당 형사가 인간미가 있는 사람은 담배를 한 개씩 주며 피우라고 한다. 물론 피우지 못하는 사람은 제외다. 검찰까지 가는 시간은 불과 20여 분 밖에는 걸리지 않지만 한 가치의 담배를 피우는 순간은 정말 말로 표현하기 힘들 정도로 황홀감을 느낀다. 한 개비의 담배를 더 달래서 피우는 사람도 있었다.

어떤 사람은 담배를 피우면서 연기를 먹는다고 한다. 연기를 들이마시며 목구멍 안으로 넣으면 어지러움이 생기면서 황홀함을 느끼기도 한다고 한다.

이렇게 줄줄이 묶인 체 봉고차에 타고 검찰청까지 간다. 그곳에서 다시 수갑과 포승줄을 풀고 나면 감방 같은 곳에 가두어 둔다. 비둘기장이라고 한다.

검찰청에 도착하면 관할 검찰에 관여된 여러 군데의 경찰서에서 죄수들이 형철과 똑같이 수갑과 포승줄에 묶여 왔다.

오전 내내 그곳에서 있게 되고, 점심시간이 되면 각 경찰서에서 가져온 도시락을 전해준다.

도시락을 먹고 시간이 지나면 오후 2시부터 담당 검사가 한 명씩 부르고, 모두 검사의 조서가 끝이 나면 구치소 또는 교도소로 송치를 한다.

초범이고 운이 좋은 사람은 교도소에 가자마자 석방이 되기도 한다.

3.
아무런 생각 없이

새벽 3시 50분. 잠에서 깨어난 민영이는 고참의 옷과 자신의 옷을 세탁하기 위해 세면장으로 왔다.

세면장에 들어선 민영은 창문에 런닝(메리야스)이 걸려있는 것을 보고 대수롭지 않게 생각하며 세면대 위에 빨래를 쏟아놓고 수돗물을 틀었다. 수돗물이 손에 닿는 순간 손이 깨어질 듯 차가움을 느끼지만, 세탁을 해야만 했다. 물론 꼭 새벽에만 빨래하라는 법은 없다.

하지만 낮에 빨래하는 사람이 많이 있기 때문에 신입이나 이곳에 들어온 지 얼마 되지 않은 사람은 대부분 저녁 늦은 시간에 세탁을 해야 편했다. 고무장갑도 없다. 그렇다고 뜨거운 물이 있는 것도 아니다.

올겨울은 유난히도 춥기만 하다.

아니, 이곳에 있기 때문에 더 춥게 느껴지고 눈물이 나는 것이다.

민영이는 매일은 아니지만 자주 고참한테 구타를 당한다.

매일이라기보다 거의 매일이라고 해야 맞을 것이다.

고참들은 만만한 상대를 보면 이유 없이 트집을 잡아 때리기도 하고, 괴롭히기도 하는 게 습관화가 되어있나 보다.

죽고 싶을 때가 너무도 많았다. 하지만 죽을 만큼의 용기가 나지는 않았다. 그냥 견디고 참는 방법 외에는 없는 거 같았다.

가끔 화장실에 가면 눈물을 흘린다.

도둑질하여 이곳에 온 것이 후회되고, 친구 따라 집을 나온 것도 후회가 되고, 부모님의 말씀을 듣지 않은 것도 후회가 되었다.

이제 이곳을 나가면 다시는 이곳에 들어오지 않기 위해서라도 착하게 살며 부모님의 말씀을 잘 들을 것이라 굳게 다짐하고, 맹세를 하루에 열 번도 더 하는 것 같았다.

생활관에서 30~40명이 함께 단체 생활을 하다 보면 몇 명은 꼭 고참의 눈에 띄게 잘못을 한다.

그러면 한 사람의 잘못으로 인하여 전체적인 분위기가 흐려진다.

민영이 너무 손이 시려워 창틀에 걸려있는 옷에 손을 닦으려 살짝 잡아 당기는 순간 옷이 바닥으로 떨어지고, 옷이 걸려있던 자리에는 한 가닥의 쇠창살이 앞으로 휘어져 있었다.

순간 깜짝 놀란 민영이는 자신도 모르게 떨어진 옷을 조금 전 그대로 걸어놓았다.

순간적으로 많은 생각이 오고 갔다.

'선생님에게 말을 해야 할까?' 긴장감이 몸을 움츠러들게 하였다.

민영이 세면장 밖 복도를 살짝 보았다.

선생님이 복도 끝 난로 옆에서 잠들어 있는 모습이 보였다.

자꾸 가슴이 두근거리며 뛰었다.

복도에서는 어떠한 발자국 소리도 들리지 않았다.

밤이 너무 깊어진 까닭에 세탁하러 오는 사람도 없었다.

너무 조용했다.

다시 철창에 걸린 옷을 걷어내고 휘어진 창살 밖으로 얼굴을 내밀어 보았다.

창밖 밑으로 발을 디딜 수 있는 발판이 있었다.

창밖 옆으로 조금만 가면 1층 지붕으로 연결되어 있는 것도 환한 달빛이 확인시켜 주었다.

자꾸만 두근거리는 가슴을 억누르며 세탁하던 세탁물을 한쪽으로 정돈하여 놓았다.

그리고 휘어진 창살 사이로 머리를 넣으려는 순간 조용하던 복도에서 발자국 소리가 희미하게 들려오고 있었다.

민영은 재빠르게 바닥에 떨어뜨린 런닝을 주어 처음에 있었던 대로 걸어놓고 세탁을 하는 척하자 얼굴을 모르는 다른 생활반의 동료가 세면장으로 오더니 한쪽 구석에다 소변을 보고 다시 복도를 향해 걸어가는 소리가 들렸다.

고참이라고 세면장에서 소변을 보는 경우가 종종 있다.

조마조마한 마음으로 다시 한 번 복도를 살펴보았다.

다행히 아무런 소리도 들리지 않았다

민영은 철창 밖으로 팔을 넣으며 밖으로 나온 팔을 이용하여 창살을 잡으며 서서히 온몸을 밖으로 빼는 데 성공하였다.

몸을 다 뺀 다음에는 처음에 걸려있던 것처럼 민영이도 똑같이 옷을 걸어놓았다.

민영이처럼 옷을 일부러 걷으려 하지 않는 이상은 누구도 알지 못할 것이다.

2층 벽에서 1층 지붕으로 올라탈 때는 하마터면 1층으로 떨어질 뻔했지만 아슬아슬하게 슬러브 지붕에 발이 미끄러지면서 걸리는 바람에 떨어지지 않고 지붕 한가운데를 향해 정신없이 뛰었다.

민영이 역시 형철이 탈출을 한 것처럼 같은 방법으로 1층 지붕을 지나 철망으로 돌돌 말아진 부럭 담을 넘어 탈출하는 데 성공할 수 있었다.

어떻게 넘었는지도 몰랐다.

넘어지면서 발목이 삐끗했지만 아프다는 생각도, 느낌도 알 수 없었다.

담장을 넘은 민영은 아무런 생각도 없이 무작정 뛰었다.

뛰면서 절룩거리고 있다는 것도 잊어버렸다.

뛰는데 자꾸만 눈물이 났다.

민영을 괴롭히던 고참들이 떠올랐다.

죽여버리고 싶었다.

몇 번이고 죽여버리고 싶다는 생각을 수없이 하였지만 이제 열일곱인 민영으로서는 어떻게 할 수 있는 방법이 떠오르질 않았다.

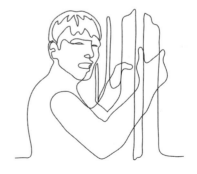

4.
구치소

'철커덩' 열리는 문소리는 두근거리는 가슴을 움츠리게 하는 묘한 감정이 담긴다.

어디서부터 잘못된 것일까?

어느 순간에 자유를 잃어버린 것일까?

아무리 발버둥을 쳐도 자유의 날개는 접힌 채로 펴지지 않는다는 것이다. '이젠 죽었구나.' 하는 조마조마한 마음으로 구치소란 법의 울타리 안에 다다랐을 땐 어둠이 깔린 지 오래되었고, 어디선가 들려오는 귀뚜라미 울음소리는 슬프기만 하다.

'끼이익.'

조용하던 적막을 깨고 커다란 철문이 열리고 조그마한 미니 소형 버스 한 대가 열리는 문안으로 들어서자 또다시 커다란 철문이 굳

세게 닫힌다. 교도소라는 이름 때문일까? 왠지 으스스한 분위기가 이유 없이 형철을 압박하는 것만 같았다. 이유 없는 공포감이 몸속으로 스며오는 것만 같다.

소형버스의 문이 열리고, 한 사람 두 사람 손목엔 중한 죄를 지은 사람처럼 포승줄로 꽁꽁 묶여 수갑까지 채워진 채 차에서 내리고 있었다. 열두 명이 모두 내리자. 검정 옷차림으로 통일한 여러 명의 교도관이 다가와 한 사람 한 사람 쳐다보는 모습은 마치 저승사자의 옷자락을 휘날리는 것처럼 보였다. 어떠한 생각도 떠오르지 않았다.

"머리 숙여!"

교도관 한 명이 차에서 내리는 우리를 향해 한 사람 한 사람 주시하며 바라보더니 중간쯤에 서 있는, 키는 크지만 왜소해 보이고 나이가 많아 보이던 한 사람을 지목하더니

"아니, 너 중일이 아냐? 유중일이 맞지?" 하자

"안녕하십니까?"

중간에 서 있던 중년 사내가 살며시 미소를 짓는다.

"이 자식 이거 출소한 지 두 달도 채 되지 않는데 또 들어와? 여기가 너희 집이야? 아예 여기서 푹 썩어라. 인마!"

"죄송합니다. 그렇게 됐습니다."

이렇게 말을 한 유중일이라는 사내는 머리를 다시 푹 숙인다.

유중일은 청량리파 소매치기범이라 한다.

버스를 타고 내리면서 다른 사람의 주머니에 들어있는 지갑을 귀신처럼 빼어내는 기술이 있다고 한다.

붙잡히지 않으면 예술이고, 붙잡히면 범죄자로 구치소나 교도소에서 죄의 대가를 치러야 한다.

그는 교도소를 자기 집 드나들 듯 출소한 지 얼마 되지 않아 다시 죄를 짓고 구속이 되었다.

소매치기로 교도소를 자기 집 드나들 듯 벌써 여러 번이라며, 이제는 보호감호를 받을 것이라고 한다.

보호감호는 같은 죄를 범하여 형법 35조 누범(실형을 선고받고 출소를 한 날로부터 3년 이내에 범죄를 저질렀을 경우 가중 처벌에 해당된다.) 재범의 우려가 큰 사람에게 주어지는 또 다른 형벌이다.

죄의 무게가 8개월이든, 1년이든 보호감호를 받게 되면 7년 또는 10년의 형을 더 살아야 한다는 것이다.

교도관의 말이 끝나자 옆에 있던 다른 교도관이

"이 새끼들 오늘 죽었다. 다 대가리 숙이고 따라와!"

하며 앞장서 가고, 우리는 뒤를 따라 졸졸 걸었다.

재판받기 전까지는 죄인이 아니었다.

(당시에는 인권이고 뭐고 아무것도 없었다.)

싸우거나 규율 위반을 하면 때리고 묶이고, 어느 때는 먹방(아무것도 보이지 않는 독방)에 꽁꽁 묶어서 며칠이고 보내게 한다.

잠도 앉아서 자야 한다.

밥을 먹을 때 숟가락과 젓가락도 주지 않는다.

손으로 밥을 집어 먹어야 한다. 쉽게 "개밥을 먹는다"는 표현을 쓰기도 한다.

꽁꽁 묶여 며칠을 지내다가 온몸에 마비가 와 소리 없이 죽어 나가는 사람도 있었다고 한다.

뒤따르는 우리는 모두 긴장되었고, 앞에 따르던 어떤 수인은 몸을 벌벌 떨면서 따르기도 하였다.

우리가 따라간 곳은 커다란 강당이었다.

강당에 다다르자 "서로 묶여있던 포승줄을 풀어라." 하였고, 또 다른 교도관이 수갑을 풀어주었다.

형철은 온몸이 마비된 기분이었고, 포승줄이 풀어지자 개운한 기분이었다.

우리들의 몸에 묶여있던 포승줄과 수갑이 모두 풀어지고 우리를 태워다 준 미니버스는 다시 철문이 열리며 이곳을 빠져나가고 있었다.

형철은 처음으로 겪어보는 일이라 겁이 나기도 하였지만, 신기하기도 했다. 형철의 나이는 열아홉이었다.

"모두 이 열 종대!"

형철은 비롯한 수인들은 재빠르게 두 줄로 줄을 이었다.

"동작 봐라 동작 봐. 지금 여기가 초등학교 운동장인 줄 알아? 머리 박아. 일어나. 박아. 일어나. 잘할 수 있습니까?"

"네!"

"시X, 누구 똥개 훈련시키나."

건달기가 있는 사람이 말했다.

순간 실내가 적막으로 빠져들 듯 조용해졌다.

"누구야!"

"내가 그랬습니다."

순간 교도관 세 명이 건달기가 있는 사람 옆으로 빠르게 가더니 그중 한 교도관이

"지금 단체행동에 따라주지 않겠다는 거야?" 하자

"잘못한 게 없는데 왜 기합을 줍니까?"

"잘못이 없으면 왜 여기 왔어?"

"그걸 내가 어떻게 압니까? 지들 맘대로 집어넣는걸."

"따라와!"

교도관 두 명에게 끌려 건달기가 있는 사람이 강당을 벗어났다.

군데군데서 수군거리는 소리가 다시 고요를 깨뜨리고 있었다.

"누구 또 불만 있는 사람 있어?"

거의 반말에 가깝게 말을 하였다.

"없습니다!"

누구라 할 거 없이 우리는 목이 터지라 큰 소리로 합창을 했다.

"지금부터 십 초 이내로 입고 있는 옷을 하나도 빠짐없이 다 벗는다. 그리고 자기 소지품을 모두 꺼내 각자 옷 옆에 놓도록. 실시!"

"실시!"

서로가 빨리 옷을 벗으려고 발버둥을 치며, 몸을 덜덜 떨며 하나하나 벗겨지기 시작했다.

우리가 옷을 모두 벗고 몸을 움츠리고 있을 때 교도소 개장이라는 하는 사람이 서류를 들고 나타났다.

모자는 검은색에 노란 테두리이고, 검정 옷 어깨엔 무궁화 두 개가 붙어있었다. 그가 강단에 올라서고 우리가 바닥에 앉자 그는 입을 열어 이곳에 대한 규칙을 설명하기 시작했다.

"여러분들이 이곳에 오게 된 것은 죄를 지었기 때문입니다. 주먹 때문에 온 사람, 남의 물건을 훔쳐서 온 사람, 또는 억울하게 온 사람도 있을 것입니다. 하지만 이곳에 온 이상 여러분은 이곳 규율과 질서를 지키고 따라야 합니다. 만일 이곳에서 개인행동이나 규율과 질서를 어지럽히는 사람이 있을 때는 이곳 규칙대로 엄하게 벌할 것이니 그렇게 아시고 모두 잘 따라주시기 바랍니다."

여기서 말을 끝마친 무궁화 2개를 단 개장은 옆에 있던 교도관에게 무어라고 대화를 하더니 다시 말문이 열었다.

"자, 그럼 지금부터 여러분들이 가지고 온 소지품을 한 사람씩 앞으로 가져와 서명하고, 귀중품은 따로 준비해 보관하고 현금은 동전 하나까지 모두 맡기시기 바랍니다. 귀중품과 현금을 모두 맡기신 분은 교도관이 주는 옷을 받도록. 옷이 맞지 않는 사람은 서로 바꿔 입기 바랍니다."

교도관의 말이 모두 끝나고 우리는 옷을 모두 보관시켰다.

그리고 신체검사가 시작되었다.

다른 검찰청에서 송치가 되어 이곳에 온 수인들까지 모두 합치면 서른 명 정도 되었다. 벌거벗은 서른 명의 수인의 몸은 모두 달랐다.

문신으로 온몸을 감싼 사람, 어깨에 문신이 있는 사람, 다리에 있는 사람, 또는 칼자국이 있는 사람, 화상이 있는 사람 등 모두 흠집이 있었고, 깨끗한 사람은 한 사람도 보이지 않았다.

형철 자신만은 몸에 흉터 하나 없이 깨끗했다.

모두가 삭막하기만 하였다.

신체검사를 담당하는 교도관은 한참 동안 이유 없는 기합을 주었다.

팔굽혀펴기, 앉아 일어나. 머리 털기, 항문을 벌리고 일어나 앉아 등 신체검사가 모두 끝나자 청색으로 된 죄수복이 한 벌씩 나누어 주고, 흰색 헝겊에 글자가 쓰여있는 번호표를 한 장씩 나누어 줬다.

항문을 검사하는 것은 항문에 담배나 마약을 몰래 넣어오는 사람이 있어서 검사하는 것이라 한다.

우리에게 나누어진 번호표는 이곳(교도소)에서 나갈 때까지 이름으로 통하는 것이니 상의 왼쪽 주머니 위에 붙이고 다니라고 하였다.

마지막으로 주어진 것은 검은색 고무신, 플라스틱 밥그릇 3개, 플라스틱 수저 하나, 플라스틱 젓가락, 비누, 수건, 칫솔, 치약, 런닝과 팬티 그리고 조그만 사물함이라는 쇼핑백 같은 비닐 가방 하나였다.

"여러분들이 모두 협조해서 잘 따라줬기 때문에 빨리 끝났습니다. 지금부터 식사하고 여러분이 앞으로 이곳을 벗어날 때까지 생활해나갈 사방에 들어가게 됩니다. 사방(생활하는 방)에 들어가면 선임들의 말을 잘 따르고. 혹시라도 불미스러운 일이 일어나지 않도록 잘 생활해나가길 바라고, 하루빨리 좋은 결과를 받고 이곳을 나가시기 바랍니다."

신체검사를 한 교도관의 말이 모두 끝나고 죄수복으로 갈아입은 우리는 플라스틱 밥그릇에 밥과 반찬을 받아 먹었다. 밥은 일정한 크기로 기계로 찍어서 나왔다.

배식이 모두 끝나고 절반 정도의 수인은 다른 교도관이 인솔해가고, 나머지 수인은 또 다른 교도관의 인솔에 따라. 강당을 나와 철문으로 연결된 곳을 하나하나 통과해나가기 시작했다.

그리고 형철이 멈춰선 곳은 4동이라고 쓴 길다란 사동(2층으로 된 건물 앞) 앞이다.

"1571번 4 동하 3방."

형철 외에도 같은 동에 들어가게 된 동류가 몇 명 있었고, 나머지는 또 다른 곳으로 이동했다.

발자국 소리가 저 멀리 사라지고 있을 때쯤 담당으로 보이는 교도관이 열쇠 꾸러미를 가져와 4동 3방이라고 써있는 문을 열었다.

"다 잠들었으니깐 조용히 한쪽으로 가서 자."

하고 '철커덩' 문을 닫아버린다.

문이 닫히자 으스스한 찬바람이 스며오듯 공포감이 느껴졌다.

닫힌 문 쪽을 한번 바라보고 형철이 들어선 곳을 바라보다. 갑자기 온몸의 힘이 쭉 빠지는 것을 느낄 수가 있었다.

마치 몇 달을 굶은 하이에나처럼 말똥말똥 형철을 쳐다보는 스물네 개의 눈동자. 형철이 넋을 잃고 그들을 향해 쳐다보고 있을 때

"야, 신입. 뺑기통 옆에 조용히 찌그러져 자."

선임인 듯싶은 동료 한 명이 무표정한 상태로 형철에게 말했다.

형철은 아무 말도 못 하고 살금살금 화장실 쪽으로 가서 아주 얇은 홑이불을 살짝 당겨 덮고 눈을 감았다.

화장실 문도 열어놓고 잠을 잔다.

냄새가 진동했지만, 참을 수밖에 없었다.

화장실 문을 열어놓고 자는 이유는 자살을 예방하기 위함이다.

두 평 남짓한 감방 안에는 형철이를 포함한 열세 명이나 누워있었고, 모두 반듯이 누워있는 사람이 없었다.

모두 옆으로 비스듬히 몸을 바짝 붙이고 잠들어 있었다.

그렇지만 형철은 잠이 오지 않았다.

밖에서는 도둑고양이인 양 살금살금 걷는 구둣발 소리만이 살포시 들려왔고, 아련히 떠오르는 어머니의 얼굴과 형님, 누나를 그리고 동생의 얼굴이 자꾸만 뇌리에 맴돌았다.

자꾸 눈물이 흘렀다.

얼마나 눈물을 흘렸는지 모른다.

형철의 마음을 괴롭혔다.

형철은 왜 이러한 곳에 와 있어야만 했는가. 순간적인 화를 참지 못하고 싸움을 했을까?

생각하면 할수록 두 눈엔 눈물이 귓가를 향해 적시며 한없이 흘러내렸다.

그리고 잠이 들었다.

언제 잠이 들었는지도 모른 채 나팔 소리에 정신이 바짝 들었다.

전 사동에서 외치는 기상의 외침 자유를 달라는 통곡으로 들렸다.

침구 정돈이 모두 끝나고 인원 점검이 있었다.

두 줄 횡대로 앉아서 옆으로 머리만 돌린 채 차례대로 번호를 외친다.

"하나!"

"둘!"

"셋!"

"열셋! 번호 끝!"

아침에 일어나 침구 정리를 하고 나면 인원 점검을 한다.

간부급 교도관이 각 사동을 돌며 인원을 체크 하고, 인원 점검이 끝나면 씻는 시간이다.

"신입."

"예."

"이쪽으로 앉아!"

영석이라 불리는 아이가 형철에게 한쪽 구석으로 앉으라고 한다.

형철은 약간의 건들거리는 표정으로 한쪽 구석으로 앉으려 하자

"이 새끼가 지금 해보자는 거야?"

"아니."

"똑바로 앉아 새꺄!"

순간 형철은 화가 났다.

형철이 교도소라는 곳에 처음 들어와 보니 분위기가 형철을 압도하는 것 같았다.

형철은 이곳에 오기 전 유치장에 7일 동안 있으면서 아저씨들로부터 이곳에 가면 신입식이 있을 거라는 얘기를 들었고, 처음에 기가 죽으면 나갈 때까지 힘들어지니까 신입식을 할 때 기선 제압을 하라고 몇 번이나 알려주셨다.

형철은 중학교까지 권투를 하였고, 형철 또래의 아이들은 강동구에서 형철의 이름을 대부분 알았다.

형철을 제외한 열두 명이 금방이라도 형철에게 달려들 것만 같았다.

"지금부터 신입식을 하겠다. 야! 띵(망을 보라는 것) 봐."

형철에게 말하던 아이가 말하자 한 사람이 재빠르게 철문 옆으로 가더니 창문 사이로 깨어진 유리 조각으로 밖을 살피고 있고, 다른 동료들은 벽 쪽으로 등을 붙이고 양반 자세로 앉아 허리를 펴고 두

주먹을 양쪽 무릎 위에 올리고 부동자세를 한다.

"신입."

"왜?"

"어디서 반말이야?"

"네가 먼저 반말했잖아."

"지금 해보자는 거야?"

"한번 할까?"

형철이 순간적으로 자리에서 일어나 금방이라도 앞에 있는 사람을 칠 것만 같았다.

방에 앉아있던 아이 한 명이 가운데에 서서 싸우려던 영석이를 막았다.

"이런 개새끼 봐라. 어디서 개기고 지랄이야! 시X! 비켜!"

영석을 막고 있는 동료의 몸을 뿌리치며 형철에게 달려들려 하자

"참아. 오늘 담당 정신병자잖아."

정신병자는 사동을 근무하는 교도관인데, 부정행위나 싸우다 걸리면 100m쯤 되는 거리의 복도에서 오리걸음을 하루 종일 시키거나 식구통에 발을 내라고 하여 발이 식구통에 나오면 발목 복숭아뼈을 어카발로 누르고 몽둥이로 발바닥을 정신없이 때리기도 한다.

'발바닥을 맞으면 머릿속까지 멍멍하다. 그리고 며칠 동안 발바닥이 아파 걷기도 힘들다.'

"X새끼, 넌 좀 있다 죽었어!"

"야! 비켜! 비키라고!"

형철도 지지 않고 대들고 있었다.

"좀 있다 운동장에서 보자."

영석이 말했다.

"보긴 뭘 봐 개새끼야!"

형철이 금방이라도 달려들 것만 같은 분위기였다.

순간 방에 앉아 있던 동료들이 모두 일어나려 하였다.

"누구든 나한테 손끝 하나라도 건드리면 다 죽여버릴 줄 알아!"

형철의 큰 소리 한마디에 아무도 일어나려 하지 않았다.

"띵! 띵!"

망을 보던 아이가 교도관이 오고 있다는 것이다.

"앉아!"

한동안의 침묵이 흘렀다.

"너 동네가 어디냐?"

"네가 왜 물어봐 새꺄!"

"난 천호동 장영석이다."

지가 대단한 사람이라도 되는 것처럼 물어보지도 않았는데 자기는 천호동이라고 먼저 말한다.

"그만하자."

형철이 말을 막았다.

영석은 형철의 덩치도 덩치지만 인상도 험악하였고, 기가 꺾인 듯 우선은 운동장에서 이야기를 해봐야겠다고 마음먹고 신입식을 접어두었다.

지금 상황으로는 싸울 게 뻔하기 때문에 영석은 약간 움찔하는 표정이더니 그만두기로 하였다.

영석은 동네의 몇몇의 친구들과 어울려 다니다 보니 어느 순간 건달이 되어있었다.

그냥 친구들과 함께 있으면 건달이고, 그런 친구들과 떨어져 있으면 싸움에 휘말리는 장소만 봐도 피해 다니는 순박한 사람이다.

이곳에도 친구 둘과 함께 구속이 되었는데, 아침에 일어나 보니 어느새 선배들이 이곳에 들어온 것을 알고 소지(사동 청소를 하는 재소자)를 통해 방에 와서 얘기해 주어서 편하게 지내고 있었던 것이다.

"이따가 운동 나가서 보자."

라고 말하며 방에 있는 사람들의 눈치를 보는 것 같았다.

형철과 싸워 맞기라도 하면 자기 스스로 쪽팔리기 때문일 것이다.

"야, 쉬어."

부동자세로 앉아있던 동료들 모두 자유로운 자세로 각자의 할 일을 한다. 형철은 '다행이다.'라고 스스로를 위로했다.

"각방 세면 준비!" 밖에서 소리가 들리고, 동료들은 바께스(큰 물통) 몇 개를 준비하고 목에는 수건을 두르고 문 입구에서 준비한다.

아침 세면은 방별로 복도 입구에 커다란 물통에 물을 채워놓고 여럿이 세면을 할 수 있도록 시설이 갖춰져 있다.

세면이 끝나면 준비한 물통에 물을 가득 담아 방으로 들어온다.

물을 떠 오며 형철의 목찰(방문 입구에 적어놓은 죄명, 이름, 나이)을 보았다.

'폭력, 열아홉, 공범 있음' 이렇게 형철의 신상을 알 수 있었다.

공범이 있다는 것을 아는 방법은 목찰에 빨간 글씨로 동그라미를 쳐놓고, 수번에도 빨간 글씨로 부호를 새겨넣는다.

방에 있는 모든 사람의 기본 신상은 문 옆에 모두 기록되어 있다.

물통의 물은 양치질을 하고, 아침 배식이 끝나면 설거지를 할 때 사용하기 위해 준비해 두는 물이다.

형철은 80kg이 넘는 몸무게에 키도 175cm였다.

열세 명의 동료 중에 제일 훤칠하지만, 얼굴은 정말 험악했다.

영석이라는 동료는 열아홉으로 형철이와 동갑이었다.

천호동에서 건달 생활을 시작하자마자 선배의 지시를 받고 술집에 난동을 부리다가 술집 주인의 머리를 맥주병으로 때려 6주의 진단을 내고 도망 다니다가 누군가의 신고로 붙잡혀 구속되었다고 한다.

모두 형철의 나이와 비슷하거나 어려 보였다.

세면이 끝나고 아침 배식(식사시간)이 시작되었다.

콩, 보리, 쌀, 말로만 듣던 콩밥. 어젯밤에 나누어졌던 밥 그대로였다.

일정하게 찍어서 나온 밥을 가다 밥이라 한다.

기계로 밥을 찍어온 것처럼 밥은 하나하나 일정하게 나누어졌고, 밥에도 등급이 있다. 1등급, 2등급, 3등급, 4등급이 있다. 1등급은 관용부에게, 2등급은 소년범(20세 미만의 소년), 3등급은 기결수(형이 확정된 제소자), 4등급은 미결수(재판을 기다리는 형사범) 순이다. 반찬은 멸치, 깍두기 김치 그리고 국물 반찬이 모두 주어졌다.

어제 저녁도 조금밖에 먹지 않은 터라 어떻게 먹었는지 한 그릇의 밥을 모두 먹어 치웠다.

그리고 형철이 먹은 자리를 치우려 하니 "넌 가만히 있어." 하고 다른 동료가 말을 했고, 또 다른 동료가 깨끗이 치우고 설거지를 하였다.

열두 명의 동료들은 좁은 방에서도 각각 맡겨진 일이 짜여있었다. 설거지하는 것을 잘 보고 내일부터 신입이 들어올 때까지 형철한테 설거지를 하라고 한다.

설거지는 밥그릇 3개에 물을 가득 담고 신입이 수세미로 빨랫비누를 비벼 거품을 만들어서 밥그릇을 닦으면 다른 사람이 받아서 3개의 밥그릇에 밥그릇을 돌려서 헹구는 방식이었다.

처음에 연성 세제가 들어있었지만 자살을 시도하려고 그것을 마시고 병원에 실려 가 위세척을 하고 오는 경우가 많아서 없앴다고 한다.

처음에 신입이 들어오면 다음 신입이 들어올 때까지 설거지를 하고 다음은 방을 쓸고 닦고, 구매를 하고 이불의 각을 잡는 등 들어

온 순서에 따라 한 단계씩 올라가는 순서다.

형철의 첫날은 가만히 앉아서 지켜보는 것이다.

아홉 시 인원 점검이 끝나자 어제 들어온 신입을 밖으로 불러냈다. 사진을 찍고 의무실에 가서 시력검사 등 몇 가지의 검사를 마치고 다시 어제 들어온 방으로 들어오니 운동시간이라며 열여섯 개의 방 중 여덟 개의 방문이 열렸다. 방 안에 있던 동료들이 모두 밖으로 나가기 시작하였고, 형철도 방 사람들과 함께 따라 나갔다.

사람들도 신기하고, 제각기 운동하는 방법도 각양각색이었다.

운동장에 나가자 이리 저리서 "형님, 쉬셨습니까?!" 인사하는 사람들이 많았다.

같은 방에 있던 영석이도 몇 군데를 돌아다니며 "형님, 쉬셨습니까?!"를 하며 인사를 하고 다녔다.

영석이는 천호동의 건달 조직에 입문한 지 얼마 되지 않았다 한다.

몇 군데를 돌던 영석이 형철의 앞으로 오더니

"넌 방에 정말 잘 들어왔다. 다른 방에 가면 신고식이 있는데 일단 몇 대 맞고 방에서 생활하게 돼."

형철은 '내가 가만히 있었어도 신고식을 안 했을까?' 속으로 생각했다.

영석은 형철의 이름을 들은 것 같다고 하였다.

영석은 처음에 들어오면 무조건 신입식이 있다고 했다.

그러면서 이해해달라며 잘 지내보자고 했다.

형철은 영석이 덕분에 방 생활이 편하게 되었고, 방에서도 설거지나 잡다한 일은 나이 어린 다른 아이를 시켜서 친구처럼 편하게 지내게 되었다. 영석은 방에서 건달 행세를 하며, 낮에는 방 앞을 지나다니는 영석을 아는 후배들은 영석에게 깍듯이 "형님, 쉬셨습니까?" 또는 "형님, 쉬십시오."를 하면서 오고 갔다.

영석 역시도 면회를 갈 때나 방문을 나가면 밖에서 동생들이 하던 식으로 선배들에게 똑같이 복창하는 소리가 들려왔다.

이렇게 구치소의 하루는 또 다른 세상에서 겪는 서글픈 하루가 시작되었다. 이런 시련의 끝은 어디에서 끝날지도 모른 채로.

하루 종일 좁은 방 안에서 열세 명이 생활하다 보니 조그만 일에도 짜증이 나고, 답답함을 이루 말할 수 없었다.

하지만 며칠이 지나면서 영석과 형철은 더욱 가까워졌고, 서로 이야기 도중 형철의 친구들과 영석의 친구들을 서로 알게 된 터라 더욱더 친하게 지낼 수 있었다.

사람은 끼리끼리 어울린다고 하듯이 형철도 영석의 덕분에 건달들을 소개받게 되었고, 동생들한테 인사도 받고 선배들에게 인사도 하며 지내게 되었다. 이렇게 교도소 생활을 처음 하게 되었다.

이곳에서 어떻게 보냈는지 구속이 된 지 10여 일이 거의 다 되어가고 있었다.

5.
김철민 선생님

　　　　　　　선생님은 늘상 반복되는 형식적인 근무를 하고 있었다.

　하지만 오늘은 다른 때보다 많은 아이가 세면장에 세탁물을 가지고 드나드는 모습이 보였다.

　새벽 두 시가 넘어서고 있었다.

　밤이 깊어가자 서서히 졸음이 쏟아지기 시작하고 있었다.

　원생들이 잠들은 생활관을 한 바퀴 돌았다.

　너무도 평온한 모습으로 잠들어 있었다.

　다음으로 물소리가 들리는 세면장으로 발걸음을 옮겼다.

　많이 늦은 시간인데도 열 명에 가까운 아이들이 빨래를 하고 있었다.

"빨리 마무리하고 들어가서 취침해!"

"네, 알겠습니다."

하지만 다른 일이야 있으랴 하는 언제나 같은 생각은 변함이 없었다.

'지금까지 어떤 일도 생긴 적이 없는데 무슨 일이야 있겠냐'는 자신감이었다.

그런데 무언가 모를 느낌이 뇌리를 타격했지만, 사동 전체가 쇠창살로 되어있다. 밖으로 나가려면 보도실에서 당직하는 선생님에게 열쇠가 있기 때문에 저녁 아홉 시가 넘으면 밖으로 나가는 문을 모두 잠그고 열쇠를 보도실에서 당직하는 선생님이 가져가서 김철민 선생님은 걱정하지 않았다.

가끔은 잠을 자다 싸우는 일이 있기는 하지만 한 달에 한 번도 잘 일어나지 않는다.

선생님은 다시 난로를 향해 발걸음을 돌렸다.

근무를 설 때는 한 시간에 한 번은 원생들이 잘 자고 있나 순찰을 하도록 되어있다.

복도에 놓여있는 연탄난로는 주위의 복도를 훈훈하게 해주는 화력 때문에 한 개만 놓여있어도 복도 전체에 훈훈함이 스며들었다.

오늘도 저번 당직 때처럼 난로 옆에 보조 의자에 다리를 펴고 두 눈을 감았다.

어제는 동료 선생님들과 회식을 하느라 너무 많은 술을 마신 탓인지 다른 때보다 피로가 많이 밀려왔다.

가뜩이나 잠도 제대로 자지 못했기 때문이다. '새벽 다섯 시'.

너무도 깊은 잠에 빠진 탓일까?

"선생님! 선생님!"

선생님을 부르는 소리에 잠에서 깨어났다.

얼마나 큰 소리로 선생님을 불렀는지 선생님은 보조 의자에 올려 있던 발을 떨어뜨리며 넘어지려는 찰나에 오른손을 짚고 다행히 넘어지지는 않았다.

"무슨 일이야?"

"철창이 끊어졌어요."

"뭐야!?"

"빨리 세면장으로 가보세요! 철창이 끊어졌어요!"

선생님은 약간의 비틀거림 속에서 확 달아나는 잠을 느끼며 세면장으로 빠르게 뛰었다.

비록 60~70m의 복도였지만 뇌가 뛰라고 시키고 있었다.

세면장에 도착한 선생님은 한 개의 철창살이 끊어져 있는 것을 발견하고는 눈앞이 아득해지는 느낌을 받았다.

"모두 기상!"

"점검 대형으로!"

선생님의 머리가 갑자기 쇠몽둥이에 얻어맞은 것처럼 어지럽기 시작했다. 선생님은 빨간 소화기 옆 비상벨을 눌렀다.

1분도 되지 않아 보도실에 당직을 서던 선생님 두 명이 허겁지겁 2층 계단을 향해 올라왔다.

"무슨 일입니까?!"

보도실에서 올라온 강몽호 선생님이 놀란 표정으로 물었다.

"탈출 같습니다."

"무슨 소리예요!"

1층에서 같이 올라온 다른 선생님도 놀라는 표정을 하며 반문을 하였다.

"세면장입니다."

밑에서 올라온 선생님들 모두 세면장으로 향했고, 세면장의 뻥 뚫린 철창을 바라보며 입을 벌린 채 어이없는 표정을 짓고 있었다.

"일단 점검을 해봐야겠습니다."

김철민 선생님은 말과 동시에 생활관으로 향했고, 1호실부터 점검을 하기 시작했다. "하나, 둘, 셋, … 서른둘 번호 끝."

"3명이 모자랍니다."

반장이 말했다. "2호실 하나, 둘, 셋, … 서른하나 번호 끝."

"2명이 모자랍니다."

3호실, 4호실… 이렇게 일곱 개의 생활관의 점검을 마쳤다.

"1호실 3명, 2호실 2명, 5호실 3명, 7호실 1명, 이렇게 모두 아홉 명입니다."

"모든 선생님께 1급 긴급 호출하세요."

강몽호 선생님이 명령하듯 옆에 선생님들에게 말을 하자 선생님들은 재빠르게 1층 보도실을 향해 뛰어 내려갔다.

"전체 생활관은 들어라! 누가 발견했어? 발견한 사람 앞으로 나와!"

고등반에 있는 수철이가 겁먹은 얼굴을 하고 강몽호 선생님 앞으로 나와 부동자세로 섰다.

"모두 생활관에서 밖으로 한 발자국도 나오지 말도록. 총반장은 세면장 앞에 서 있도록!"

강몽호 선생님은 수철이를 데리고 1층 보도실로 데리고 갔다.

1층 보도실은 선생님들이 이리저리 전화 다이얼을 돌리고 있었다.

"연락 닿은 사람 있어요?"

"예, 연락받으신 분은 바로 출발한다고 하고, 다른 선생님들에게도 계속 연락을 취하고 있습니다."

"원장 선생님께도 연락을 취하세요."

"예."

"이름이?"

"김수철입니다."

"어떻게 발견한 거야?"

"예, 빨래를 하려고 세면장에 갔는데 옷이 하나 걸려있길래 쳐다봤는데 옷 위쪽으로 안쪽이 툭 튀어나와 있었습니다. 이상하다 하면서 옷 옆으로 가서 자세히 보니 철창 하나가 안 보여 옷을 걷었더니 철창이 밑으로 휘어져 있는 것을 보고 선생님을 불렀습니다."

"모두 사실이지!?"

"예, 사실입니다."

"일단 저쪽에 앉아있어!"

선생님은 수철의 말이 맞을 거라 생각했다.

수철은 이제 한 달 반만 있으면 이곳을 퇴원하니 탈출할 마음 자체가 없을 것이라 믿기 때문이었다.

아침 여섯 시가 되면서부터 선생님들 한 명씩 보도실에 들어오기 시작했고, 여섯 시 삼십 분이 되어 갈 즈음 스무 명이 넘는 선생님들이 보도실에 들려 세면장을 오고 갔다.

모두 믿기 힘든 일인 듯 한탄하듯 어떻게 해야 하는지 모두 정신을 놓고 있는 듯하였다.

"탈출한 학생들 명단을 빨리 찾아오세요."

다시 20분이 지나서야 탈출한 학생들의 신상이 보도실의 책상 위에 올려지고

"성수동 한 명, 천호동 한 명, 미아리 세 명, 이태원 한 명, 불광동두 명. 자, 선생님 중 잘 아시는 동 있으신 분은 서류를 챙겨 아이들의 집으로 빨리 출동하시고, 아이들의 부모님을 최대한 설득하셔서 아이들을 찾으셔야 합니다."

스무 명 정도의 선생님들이 모두 보도실을 빠져나갔다.

6.
가위탁(감별소라고도 함)

처음에 구속되었을 때 입었던 옷으로 갈아입고 세 명의 또래와 함께 미니 호송 버스에 올랐다.

지금 가는 곳은 이곳보다 편하고 자유롭다고 한다.

감별소로 가는 경우는 검찰에서 소년부 송치를 받게 되면 '감별소'라는 곳으로 옮기게 된다.

이곳에서 재판을 받는 것보다 가정법원 재판이 사회생활을 하는 데 많은 유리함이 있다고 알려져 있다.

형철이 감별소에 도착하자 동생같이 보이는 애들이 복도를 오가고 있었다.

모두 색다른 옷을 입고 있었다.

자기가 입고 온 옷을 입고 있으니 분위기 자체도 자연스러워 보였다.

형철도 처음에 구속이 되면서 입고 온 옷을 그대로 입고 왔다.

'어쩌면 이곳에서도 이 옷을 계속 입고 있어야 하는구나.' 생각하게 하였다.

"신입 왔다."

복도에서 형철을 보고 신입이 왔다는 소리를 들었는지 몇 개의 방에서 형철이 있는 쪽을 향해 바라보며 웅성거리는 소리가 들린다.

신입이 오게 되면 신참은 한 계단 올라갈 수 있어서 좋기 때문에 신입이 자기 방으로 들어왔으면 하는 생각한다.

이곳은 만14세 이상, 20세 미만의 청소년들이 어떠한 범죄를 범하였기 때문에 이곳으로 오게 된 것이다.

'보도실(선생님들이 있는 사무실)'에서 형철의 신상을 확인한 후, 형철은 3호실에 배정되었다.

3호실에 들어서자 40여 명의 또래가 벽 쪽으로 등을 붙이고, 허리를 펴고, 주먹은 무릎에 올려놓고 모두 긴장을 한 채 앉아있었다.

형철이 생활관 입구에 들어서자 입구에 서있던 동료가 갑자기 형철을 향해 오른발을 들더니 형철의 복부를 향해 날아왔다.

순간적으로 몸을 피했지만, 다시 옆에 있던 동료들이 합세하는 바람에 입구에서 구타 세례를 받을 수밖에 없었다.

복도 밖으로 선생님이 보였지만, 모르는 것인지 아니면 알고도 모르는 척하는 것인지 그때는 알 수 없었다.

형철의 몸에는 통증이 일기 시작했다.

허리, 얼굴 등 얼마나 정신없이 맞았는지 온몸이 아프다는 생각밖에는 들지 않았다.

"신입, 올라와 저쪽으로 앉아!"

입구에 서 있던 동료가 생활관 입구에 자리를 가리키며 앉으라고 하였다.

"X새끼."

형철은 순간적으로 맨 먼저 형철에게 복부를 가했던 동료를 향해 주먹으로 얼굴을 내리치며 옆에 있던 동료의 복부를 향해 오른발을 옆으로 뻗으며 정확하게 가격하였다.

"아!"

"욱."

"X새끼들 다 덤벼!"

형철은 배를 잡고 고꾸라지던 동료를 발로 사정없이 차며, 주먹으로 얼굴을 가격했던 동료를 넘어뜨렸다.

"우당탕."

열 명 가까이 되는 동료들이 형철을 에워싸고 달려들었다.

"죽여 개새끼들아!"

형철은 악을 쓰며 소리치며 한 대 때리고 열 대를 맞으면서도 처음에 때린 놈만 붙잡고 계속 악을 쓰며 주먹을 휘두르며 덤비고 있었다.

"삐리릭, 삐리릭."

형철이 큰 소리로 악을 쓰며 덤벼들었기 때문에 생활관 복도에 형철의 소리가 울려 퍼져가고 있었기 때문인지 호루라기 소리가 들리며 선생님이 왔다. 옆 생활관의 동료들은 구경을 하고 있었다.

형철은 일부러 선생님이 들으라고 큰 소리로 악을 쓰며 덤빈 것이다. 여럿서 덤비다 보면 누가 때렸는지 모르게 정신없이 맞을 수 있어서 조금이라도 덜 맞으려고 악을 쓴 것이다.

"모두 들어가 제자리에 앉아!"

선생님 한 분의 목소리에 생활관의 문이 재빠르게 닫히고 만다.

"모두 위치로~. 제자리에 모두 앉는다."

형철이 들어온 생활관의 분위기는 삽시간에 긴장되고, 형철을 비롯한 형철과 주먹다짐을 하던 동료가 보도실 앞으로 끌려간다.

"다 대가리 박아."

보도실 바닥에 머리를 대고 두 손은 엉덩이에 댄다.

"김형철!"

"네."

"어린놈의 새끼가 첫날부터 질서를 어지럽혀? 일어서! 앉아! 엎드려!"

'찬바람' 선생은 육모의 방망이로 형철의 엉덩이를 힘껏 내리치기 시작했다. 그만할 듯하면서 다시 기합을 주었다. "이곳에 온 이유는 조그만 잘못이라도 하였기 때문에 왔으니 많이 반성하고 집으로 돌아가야지. 앞으로 잘할 수 있지?" 하면서 다시 기합을 주고. 이렇게 몇 시간을 기합받다 보면 이 선생님이 얼마나 악랄해 보이는지 겪어보지 않은 사람을 알 수가 없다.

정말 말로만 듣던 찬바람이었다.

찬바람은 이철진 선생이지만, 이 선생님이 지나가면 찬바람이 분다고 해서 별명이 만들어졌다고 한다.

"여기가 너희 집이야! 여기 왜 들어왔어? 아직 정신 차리려면 멀었구먼."

형철은 20대가 넘게 엉덩이를 맞았다.

형철과 싸웠던 동료들과 함께 50m가 넘는 복도를 오리걸음으로 30바퀴가 넘도록 반복해서 걸었다.

그리고 두 시간을 더 기합을 받고서야 끝이 났다.

"모두 일어서!"

일어나려 하자 다리가 후들거려서 일어날 수가 없었다.

겨우 일어나 버티고 서자 금방이라도 주저앉을 것만 같았다.

"정용석."

"네."

"신입식 하지 말라고 했지?"

"잘못했습니다. 다시는 안 하겠습니다."

"김형철!"

"네."

"한 번만 더 싸우면 이것의 열 배는 더 기합받을 줄 알아. 알았어?"

"네! 잘못했습니다."

"들어가서 잘 지내도록."

"네! 알겠습니다."

선생님은 생활관으로 들어가라고 하였고, 형철과 세 명의 동료는 생활관으로 들어왔다.

생활관에 들어서자 용석이라는 동료가 형철에게 따라오라며 화장실로 데리고 갔다.

"아까는 미안했다. 신입이 들어오면 신고식이라고 다 거쳐 가는 단계야. 잘 지내보자. 난 정용석이고, 열아홉이다."

하면서 용석이는 손을 내밀며 형철을 향해 악수를 청했다.

마지못해 악수를 했지만 어색하면서도 어리둥절하기만 하였다.

형철은 몸을 움직일 때마다 온몸의 마디가 끊어질 듯 아프기만 하였다. 용석이는 생활관의 반장이었다.

"어디 가나 마찬가지지만 신입식은 있어."

"너 여기 오기 전에 신입식 안 했어!?"

"가끔 너처럼 꼴통들이 있기는 하지만~."

용석이는 혼자서 말을 하더니 말끝을 흐렸다.

신입이 들어오게 되면 대부분 신입식을 한다고 한다.

신고식이 없으면 질서가 엉망이 되고, 생활관에서 싸움도 자주 난다고 한다.

이곳에서도 고참들과 가깝게 지내게 되었고, 힘든 일은 형철이보다 어린아이들에게 하도록 하였다.

이곳에서의 생활은 대부분 두 달이지만 3분의 2는 집으로 가고, 나머지는 소년원 또는 bbs(이곳에서 지정된 공장)라는 이곳에서 정해진 직장이 선택된 곳으로 간다고 한다.

감별소에서 생활하며 가정법원 재판을 받아야 한다. 재판 판결에 따라 집으로 갈 수도 있고, 소년원으로 갈 수도 있다. 또는 직장을 선택해 주어 자격증을 취득할 수 있는 곳으로 옮기게 된다.

처음 이곳('감별소' 또는 '임시 위탁'이라고도 한다.)에 오게 되면 한 생활관에 40명 정도 단체 생활을 하게 된다. 이곳은 규율과 질서가 꽉 잡혀있다.

선생님들이 있지만 대부분 같은 동료가 통솔을 주도한다.

인원은 300~400명 정도 수용하는데 화장실은 하나가 있었고, 대변을 보는 칸은 다섯 개, 소변은 다섯 명 정도 볼 수 있게 되어있다.

화장실은 혼자서 갈 수 없으며, 생활관별로 시간대가 있다.

인원은 많고 화장실은 적고 이래서 용변을 보는 시간이 너무 짧다.

용변을 보는 시간을 30초도 주지 않는다.

5명이 한 조로 들어가면 밖에서 스무 번을 센다.

스무 번을 세고 용변을 마무리하지 않으면 용변실의 문을 발로 차거나 물을 뿌리며 빨리 나오라고 소리친다.

저녁에 잠을 잘 때도 처음에는 고통스럽다.

반장의 자리는 다른 사람의 자리보다 세 배 정도 넓다.

저녁 아홉 시가 되면 취침을 한다.

'각방 취침'이라는 소리가 복도에서 들리면 모두 취침 대열로 눕는다.

열다섯 평 정도의 방에 40여 명이 잠을 자야 하기 때문에 반장과 규율을 뺀 나머지는 옆으로 잠을 잔다.

옆으로 잠을 자게 되면 앞사람의 등에 뒤에 있는 사람의 가슴을 바짝 붙이고 눕는다.

모두 누우면 고참이 누워있는 위로 걸어간다.

걸어가다가 발이 서로 붙어있는 사이로 빠지게 되면 "이 새끼가 잠을 편하게 자네." 하면서 다시 구타를 한다.

일명 떡 잠이라고, 떡처럼 바짝 달라붙어서 자라고 붙여진 말이다.

저녁 취침이 시작되면 넓은 고무통을 생활반 입구에 놓고 대소변을 보아야 한다.

취침이 시작되면 화장실도 가지 못한다.

커다란 고무통을 방 입구에 갖다놓고 거기에 대소변을 보아야 한다.

대부분 아침까지 참기는 하지만, 도저히 참지 못할 경우에는 고무통에 볼일을 봐야만 한다.

40여 명이 자고 있는 것을 보면서 대소변을 본다는 것 또한 처음에는 쉽지가 않았다.

잠자리는 좁은 공간에서 40명 이상 잠을 자려면 반듯하게 누울 수가 없어 옆으로 바짝 붙어서 자야만 했다.

잠을 자는 순서는 '고참은 떡 잠' 떡 잠은 반듯이 누워서 편안하게 자는 것을 말하고, '새우잠' 새우잠은 옆으로 비스듬히 자는 것을 말하며, '칼잠' 칼잠은 몸을 옆 사람의 등에 바짝 붙이고 자는 것이다. 생활관의 고참이 누워있는 상태에서 몸을 밟고 지나가는데, 지나가다가 발이 몸 사이로 들어가면 넓게 잔다고 밟아버린다.

"윽!"

"이런 X새끼가 떡잠을 자네. 똑바로 자! 알았어?"

"예, 알았습니다."

생활관이 적은데 사람이 많은 탓에 매일매일 칼잠을 자는 동료들이 많을 수밖에 없다.

이곳에서도 형철의 생활은 신입이지만 신입의 단계를 벗어나는 대접을 해주어서 조금은 편하게 지낼 수 있었다.

한 생활관에서 40명이 넘는 생활을 하다 보니 시간은 더 빨리 정신없이 지나가버렸다.

두 달의 생활을 거쳐 가정법원에서 5호 처분을 받고 서울 불광동에 있는 서울 소년원으로 호송이 되었다.

7.
중곡동

　　　　　김동호 선생님과 박철기 선생님은
김형철의 신상 정보가 기록된 서류를 들고 중곡동으로 향했다.

　중곡동에는 김형철이 입소를 할 때 기록된 주소에 주거지가 기록
이 되어있었다.

　처음 소년원에 입소하게 되면 집 주소, 잘 가는 동네, 친한 친구
이름 3~5명, 잘 가는 곳 이름, 약도 등을 기록하게 한다.

　소년원은 일반 교도소와는 달리 낮에는 일반 농가에 가서 일손을
돕기도 하다 보니 선생님들이 한눈파는 사이에 도망가는 원생들이
있기 때문에 사전에 대비하는 것이라 한다.

　중곡동에 도착하자 곧바로 파출소를 통해 파출소 직원과 김형철
의 주소지를 찾아갔다.

3층 계단에는 눈이 하얗게 내려져 있었다. 계단 중간에는 나가고 들어 온 흔적의 표시처럼 발자국이 남겨져 있었다.

"계십니까?"

'똑똑.' 3층 계단을 올라 까만 철문을 두드리자 60이 넘은 듯한 남자가 "누구여?" 하며 안에서 문을 열고 나오는 소리가 들렸다.

"예, 혹시 김형철 씨 댁 맞나요?"

"그런 사람 살지 않아."

순간 김동호 선생님의 얼굴이 일그러지고 있었다. 옆에 있던 박철기 선생님이 서류를 넘기더니

"아~ 김형민 씨는 계신가요?"

"아, 밑에, 1층 집여."

다시 김동호 선생님의 얼굴에 희망의 빛이 떠오르고

"아이고, 고맙습니다."

하고는 1층으로 재빠르게 계단을 내려오고 있었다.

다행히도 형철의 형 형민이 1층에 살고 있었다.

주소지가 맞는 것을 확인한 파출소 직원은 잘 해결되길 바란다는 말을 남기고 뒤돌아 갔다.

아침 일찍부터 문을 두드리자 형철의 형이 문을 열어주었고, 낯선 사내 둘이 문 앞에 서 있자 놀란 표정으로 의아해 했다. 김동호 선생님이 형철이 때문이라고 말하자 집 안으로 들어갈 수 있었다.

이제 다섯 살 정도의 여자아이와 남자아이가 낯선 손님을 향해

밝게 웃으며 장난감을 가지고 놀고 있었다.

아이들의 엄마는 냉장고에서 주스를 컵에 따라주고 아이들을 데리고 방으로 들어갔다.

조그만 거실에 문이 세 개 있는 것을 보니 두 개는 방이고, 하나는 화장실이 있는 거 같았다.

거실 바닥에 앉아 자초지종을 말하자 김형철의 형은 놀라더니 어떻게 그런 곳에서 도주를 할 수 있는지 의아해하였다. 혹시나 김형철에게 연락이 오지 않았냐고 묻자 아직 연락이 없다고 하였다.

이렇게 어쩌지 못하고 형철이에게 혹시라도 전화가 오면 꼭 전화를 달라며 소년원의 전화번호를 적어 주고 일어서려 할 때 집 전화벨이 울렸다. 모두 긴장을 한 채 형철의 형이 머뭇거리고 있을 때 박철기 선생님이

"저희 왔다고 말하지 마시고 차분하게 받으세요."

형철의 형은 고개를 끄덕이고 이내 수화기를 들었다. 처음에는 아무 말도 들리지 않았다. 이내

"여보세요."

형철의 목소리가 수화기 너머로 들려왔다.

"여보세요?"

"형, 저 형철이에요."

"네가 어떻게 전화를~?"

"도망 나왔어요."

"너 지금 어디야?"

"천호동에 왔어요."

"천호동 어디? 밥은 먹고?"

"아직요, 저 천호동 다방에 있어요."

"천호동 어디쯤이야?"

"천호 사거리에 있는 명성다방이에요."

"알았어. 형이 지금 갈게. 조금만 기다려."

선생님들이 고개를 끄덕이자 형철의 형은 수화기를 내려놓았다.

형철의 형은 방으로 들어가더니 옷을 갈아입고 나오자 같이 나온 아이들 엄마의 얼굴에 걱정하는 빛이 역력했다.

8.
불광동 서울 소년원

사람들은 어떤 이유에서인지 아님 스스로도 모르는 채 죄를 범하고 나서야 잘못되었다는 것을 깨닫게 되지만, 그때는 이미 너무 늦어버렸다는 것을 안다.

하지만 진정으로 죄를 회개하며 죄와의 거리에서 멀어지려 하는 사람이 있는가 하면, 또 어떤 이는 자신이 어떠한 죄를 짓는지를 알면서 세상을 살아가고 있는 사람도 있다.

이것이 우리가 살아가는 세상의 일부분이 아닐까 한다.

어떻게 해서 여기까지 왔을까?

왜 다른 사람처럼 평범한 삶에 이바지하지 못하며 살아왔을까?

먹고 싶은 거 다 사 먹고, 가보고 싶은 곳 다 가보고, 만나고 싶은 사람 다 만나면서 자유롭게 생활할 수 있는데 죄를 지었기 때문에 아무것도 할 수가 없다.

'이것도 인생일까?' 어려서 나쁜 짓 안 하며 사는 사람이 있을까? 한 번이라도 부끄럼이 없이 살아가는 사람이 있을까?

속으로는 죄를 짓고 겉으로는 좋은 일을 하는 척하는 사람은 그냥 착한 사람이고, 겉으로는 죄를 지으며 아무도 모르게 착한 일을 하는 사람은 죄인으로 취급하는 세상이 참다운 세상일까?

서울 소년원에 왔다.

이곳이 싫다.

아니 자유를 속박당한 현실의 세계가 미치도록 싫은 것이다.

정말이지 미치도록 이곳이 싫다.

유치장을 거쳐 교도소, 감별소(가위탁이라고도 한다.)를 거쳐 이곳 소년원까지 오게 된 시간은 몇 달이 되지 않는다.

이곳은 중등반(중학교 졸업 과정), 고등반(고등학교 졸업 과정), 대입반(대학 진학을 위한 과정)등을 위주로 공부를 할 수 있도록 갖추어진 시설이기도 하다.

일주일에 한두 번씩 시험도 본다.

시험을 잘 못 보는 사람은 운동장에 나가서 기합을 받는다.

이곳에서는 서로 경쟁을 하며 열심히 공부를 하는 사람이 있는가 하면, 공부는 팽개쳐 두고 놀기만 하는 사람도 있다.

형철은 공부와는 담을 쌓았는지 아예 공부를 하지 않았다.

하지만 국민학교(초등학교), 중학교에 다닐 때는 제법 공부도 잘하였고, 글씨도 잘 썼기 때문에 형철의 필체를 친구들이 부러워하기도 했다.

형철이 이곳에서 지낸 지 두 달이 지났다.

처음에는 치고받고 싸우기도 하고, 때로는 고참한테 구타도 당하고, 선생님 몰래 담배도 피우면서 어떻게 시간이 흘렀는지도 모른 채 흘러왔다.

그나마 잘할 수 있는 것은 글씨를 남다르게 잘 쓴다는 것이다.

그래서인지 글씨를 잘 쓴다는 이유로 시험문제 출제가 나오면 등사기(철필로 긁어 쓴 원지를 붙인 가리방판 위에 잉크 묻은 롤러를 굴려 인쇄하도록 함) 등 선생님의 심부름을 도맡아 하며 지내고 있다.

시간은 지날수록 마음이 답답해짐을 느꼈다.

자유가 왠지 그리웠다.

이곳을 벗어나고픈 충동이 일었다.

밖에서의 일들이 자꾸만 떠오르곤 했다.

이곳에서의 생활이 또다시 두 달이 흘렀고, 저녁 식사시간도 끝났다.

그리고 세면장에서 앉아 책을 보고 있는데 조금 안면이 있던 상호라는 아이가 세탁하기 위해 세면장이 들어왔다.

얼마 되지 않은 세탁물인데 오랜 시간을 보내고 있었다.

"세탁 끝났으면 빨리 들어가."

형철은 세탁을 하러 오는 동료들이 많아지면 복잡하기만 해서 빨리빨리 들어가라고 하였다.

"들어온 지 얼마나 됐어?"

낯익은 상호라는 동료가 물어본다.

"그걸 왜 물어!?"

"2개월 정도 되었다. 근데 왜?"

나는 2개월이 되었다고 했더니 무언가 한참을 생각하는 듯하더니

"야! 도망칠 맘 없나?"

"뭐? 너 미쳤냐!"

만약 형철이 선생님에게 '상호라는 아이가 저한테 도망가자고 하는데요?'라고 말한다면 상호라는 아이는 즉시 독방으로 끌려갈 것이다.

하지만 그렇게까지 하고 싶지는 않았다.

상호라는 애가 조금도 친하지도 않은 형철에게 갑자기 도망칠 마음이 없느냐고 물었을 때는 무엇인가 단단히 각오를 하고 물어보지 않았을까?

순간적으로 형철은 탈출을 어떻게 할 것인지 궁금하였다.

"어떻게?"

"있어 없어?"

"갈 기회만 있으면 가지, 안 가겠냐!"

형철은 마음은 있었지만, 생각은 하지 않았다.

하지만 '갈 기회가 주어지면 갈 수도 있다'고 했더니 자기가 기회

를 만들 테니 가자고 하였다.

상호의 얘기를 들어보니 괜찮을 것 같았다.

그러니까 세면장 철창을 끊고 도망가자는 것이었다.

면회 시간에 친구가 면회 오면 쇠톱 날을 건빵 박스 안에 끼워서 건빵 박스를 받으면 된다는 것이다.

나는 "그럼 쇠톱이 들어오면 그때 다시 얘기하자."라며 그냥 상호의 말을 흘려버렸다.

9.
미아리

미아리 대지극장 앞을 지나면 파출소가 있다.

주소만 가지고는 어디가 어딘지 동네의 위치를 알기 힘들었다.

그저 물어 물어서 찾기는 하겠지만, 시간의 촉박함에서는 시간이 더뎌지기도 한다. 김기문 선생님과 유성운 선생님은 현수와 재영이 거주하고 있는 도봉구 미아동에 거의 다다르고 있었다.

"이놈들이 집에 있으면 좋을 텐데~."

이기문 선생님이 말을 흘렸다.

"이 새끼들 잡히기만 해봐라. 아예 똥을 싸게 만들어 버려야지."

유성운 선생님도 화가 많이 난 표정으로 이기문 선생님을 바라보며 억울하다는 듯 말을 한다.

유성운 선생님은 서른다섯이 되도록 장가를 가지 않았다.

엊그제 일을 마치고 은행에 다니는 친구와 술자리를 했는데, 은행에 다니는 친구의 와이프가 친구와 함께 왔다. 시간이 흐르면서 친구 와이프 친구와 금세 친해졌다. 이 친구도 아직 노처녀라고 해서 서로 호감을 가져보자고 하며 세 시간 만에 아주 오래된 사이처럼 대화가 통했다. 우연의 일치인지 내일 쉬는 날이라 영화관에 가기로 약속을 하게 되어 들뜬 기분으로 집에 들어오게 되었다.

전화벨 소리에 잠에서 깨어난 유성운 선생님은 수화기를 들어 귀에 대었다.

"탈출, 일급 호출입니다."라는 상대방의 목소리를 담으며 어제 벗어놓은 옷을 그대로 입고 소년원으로 복귀하게 되었고, 이기문 선생님과 한 조가 되어 현수와 재영이가 살고 있는 미아동으로 오게 된 것이다.

아침 아홉 시가 넘어가고 있는데 자꾸만 손목에 감겨있는 시계에만 눈길이 가고 있었다. 유성운 선생님은 살짝 눈을 감고 기도를 했다.

'하나님 아버지, 제발 빨리 이 아이들을 잡을 수 있도록 길을 열어주십시오. 만약 이 아이들만 잡게 해주신다면 열심히 하나님을 섬기며 교회도 다니겠습니다. 아멘.' 정말로 간절하였다. 어쩌면 유성운 선생님에게는 인생의 한 부분이 될 것만 같은 예감이 들었다.

10.
접견실

상호는 다른 때와는 달리 초조한
마음으로 친구를 기다리고 있었다.

이날은 친구가 건빵 두 박스를 넣어준다고 했기 때문이다.

하지만 건빵이 목적이 아니었다.

아무도 몰래 쇠톱을 숨겨와 건빵 박스 틈 사이로 넣어서 달라고
하였다. 면회를 온 사람들이 제법 많았다.

친구는 매점에 들러 건방과 찹쌀떡, 도넛 등을 구입하였다.

그리고 조금의 시간이 흘러 면회 시간이 왔다.

아는 얼굴의 원생과 잘 모르는 원생을 포함하여 열다섯 명 정도
의 원생들이 함께 면회장에 다다르게 되었다.

이곳은 가족 외에는 면회가 되지 않지만, 사촌 형이라고 서류에

기재한 탓이 친구는 사촌 형으로 등록이 되어있었다.

'친구가 진짜로 쇠톱을 가지고 왔을까? 가지고 왔다면 걸리지 않고 건빵 박스 틈새에 쇠톱을 제대로 넣었을까?' 잠깐의 시간 동안 상호의 머리는 수만 가지의 걱정과 생각에 휩싸이고 지나간다.

같은 원생들의 부모님과 가족들이 웅성거리며 각자의 사람들을 기다리고 있었다.

원생들이 들어서자 이름을 부르며 얼싸안고 우는 사람, 웃는 사람 등 각자 반가움을 표현하며 지정된 자리에 앉아 매점에서 구입한 구매 물품을 꺼내 먹을 수 있도록 한다.

대부분 보호자는 원생들이 먹는 모습을 보고 있고, 원생들은 허겁지겁 가족 또는 지인들이 구입한 찹쌀떡과 도넛, 우유 등을 먹느라고 말할 기회도 주지 않는 듯하다.

상호는 친구와 함께 온 여자 친구와 함께 음식을 먹는다.

"견딜 만하냐?"

친구가 말했다.

"네가 있어 봐라. 견딜 만한가?"

"그러게 누가 사람 때리랬냐?"

"조용히 해라. 가져왔어?"

친구는 고개를 끄덕였다.

"요즘 밖은 어때?"

"졸라 재밌지!"

"약 올리냐?"

"그러니 빨리 나와라."

"며칠만 기다려라. 개구멍으로라도 나갈 테니."

친구가 웃었다. 마치 '안 걸리고 나올 수 있을까?' 하는 눈치였다.

음식을 먹으며 친구에게 눈짓을 하자 친구는 엄지와 검지를 이용하여 동그라미를 표현한다. 상호는 다시 가슴이 두근거림을 느낀다.

유일하게 건빵은 생활관에 가지고 들어가 같은 원생들과 함께 나눠 먹을 수 있도록 허용한 접견물이다.

상호는 두 박스의 건빵을 받았다.

그중 겉박스의 테이프가 약간 뜯겨진 것 안에는 쇠톱 날이 들어있다는 것을 알고 있었다.

친구와 헤어지고 한 번도 건빵 박스를 검열하지는 않았지만, 혹여라도 건빵 박스를 검열하지는 않을까 하는 불안감 속에 얼마 되지 않는 거리인데도 더디게 생활관에 도착하였다.

두 박스의 건빵 중 한 박스는 고참을 향해 건네주고, 다른 한 박스는 박스가 필요하다며 안에 들어있는 건빵을 모두 쏟아내고 박스를 관물함에 집어넣었다. 자꾸만 뛰는 가슴을 억제하지 못한 채 갈피를 잡지 못하고 있었다.

11.
죽이고 싶다

민영이는 이제 열일곱 살이다.

얼굴은 곱상하고 귀엽게 생겼다.

저녁이면 반장 옆에서 잠을 잔다.

요장은 이곳의 총반장을 말한다.

잠자기 전에는 생활관 안에서는 어디든지 혼자 자유롭게 다닐 수 있도록 선생님들이 배려를 해준다.

요장은 민영이와 같은 방에서 지낸다.

요장은 잠자리에 누우면 민영을 더듬는다.

가끔은 민영이의 팬티를 벗기고 항문을 향해 반장의 성기를 집어넣기도 한다.

민영은 반장을 죽여버리고 싶지만 어떻게 할 수 있는 방법이 없었다.

가끔 나이 어리고 귀엽다 싶은 신입이 들어오면 그 신입을 요장의 옆에서 잠을 재우는 경우를 몇 번 보기도 하였다.

왜 옆에서 재우는지 말하지 않아도 알만한 사람들은 다 안다.

얼마 전에 다른 아이가 반장 옆에서 자다가 반장의 손을 뿌리쳐 반장한테 심하게 맞는 것을 모두 보았지만, 누구 한 사람도 민영이의 편에서 도와주는 사람이 없었다.

서로 눈치만 보고 있었다. 누군가가 끼어들었다면 끼어든 애들도 이유 없이 맞았을 게 뻔하기 때문이다.

반장의 주변에는 같은 동네의 친구들이 이곳에 많이 있기 때문에 반장의 힘이 더 기고만장이기 때문이다.

그 아이는 지금도 요장과 고참들한테도 괴롭힘을 당하고 있는 것을 모두 알고 있다.

방에서 생활하는 대부분의 아이들도 모두 알고 있는 사실이다.

철창이라도 없었다면 벌써 몇 번을 뛰어내렸을 것이다.

12.
야 뛰어!

재영이와 길성이 그리고 현수 이렇게 세 명은 무작정 택시를 타고 미아동 대지극장 옆에 있는 골목 앞까지 와서 잠깐만 기다리라 하고는 골목을 향해 뛰었다.

"야! 야, 이 새끼들아 거기 안 서?"

택시 운전사는 어이없는 표정으로 도망가는 아이들의 뒷모습만 바라보다 재수 없는 하루를 보내야 한다는 생각이 기분을 잡쳤다.

두세 번의 골목을 벗어나자 따라오는 사람이 없었다.

모두 숨을 헐떡거리며 서로를 바라보며 웃고 있었다.

길성이는 신발을 큰 것으로 신고 온 탓에 뛰면서 벗겨진 것인지 아니면 벗으며 뛰었는지 맨발이었다.

다행인지 양말은 신고 있었다.

그래도 한겨울이라 발이 많이 시려울 텐데 아마도 아직은 발까지 전해지지 않았는지, 발에 감각이 없는지는 알 수 없었다.

골목 어귀에 공중전화가 있었다.

재영이가 어디론가 전화를 걸었다.

바람이 불기 시작한다.

아니 어쩌면 이미 바람은 불고 있었는지 모른다.

서서히 추위가 피부를 타고 전해온다.

온몸이 쭈그러든다.

현수가 담 너머로 옆에 있는 집을 바라본다.

마당이 있고, 빨랫줄에 점퍼가 널려있는 것이 보인다.

담을 넘으려다 대문이 조금 열려있는 것을 보고 대문으로 들어가 점퍼를 걷는다.

아직 마르지 않아 군데군데에 딱딱하게 젖어있는 것이 얼은 듯하다.

마루 밑에는 신발이 가지런히 놓여있었다.

살금살금 마루 앞으로 가서 신발을 들었다.

순간,

"누구여?"

방문을 여는 소리가 난다.

현수가 덜 말린 점퍼를 입고 있었고, 길성이의 신발이 없다는 것이 생각이나 신발을 든 순간 방에서 소리가 나 신발을 들고 대문을 향해 후다닥 뛰었다.

"야! 뛰어!"

현수가 소리를 지르자 길성이와 재영이가 현수를 따라 뛰었다.

다시 한참을 뛰고 나서 멈추어 선다.

다시 서로를 보며 웃는다.

"야, 신어라."

현수가 들고 온 신발을 길성이에게 준다.

다행인지 길성이가 신발을 신어 보더니 잘 맞는 모양이었다.

"고맙다."

"야, 조금만 기다려봐. 친구가 오기로 했으니."

모두 재영이를 따라 농협 옆으로 가고 20여 분쯤 더 있으니 재영이 친구가 추리닝을 입고 왔다.

재영이는 탈출하게 된 동기를 친구에게 말하고, 그 친구를 따라 분식집으로 가서 라면을 한 그릇씩 먹고 연탄난로 옆에서 얼었던 몸을 녹였다. 다시 그 친구를 따라 '썬, 음악다방'이라 쓰인 곳으로 들어섰다.

입구에 들어서자 온기가 훈훈하게 느껴졌다.

24시간 운영하는 썬, 음악다방은 시간을 보내기에는 최고로 좋은 거 같았다.

모두 맨 끝에 앉아서 커피를 마시며 탈출한 얘기를 하고 있었다.

언제 시간이 흘렀는지 벽에 달아놓은 시곗바늘은 오후 두 시를 가리키고 있었다.

그런데도 다방 안에는 사람들이 많이 앉아있었다.

군데군데 천장 부근에 달려있는 스피커에서는 음악이 흘러내리고 있고, 뮤직 박스 안에서는 장발 머리의 디제이가 유머를 하며 홀에 있는 사람들의 웃음을 자아내고 있었다.

"야, 이제 살 거 같지 않냐?" 재영이가 먼저 말을 꺼냈다.

"나도 반장 새끼만 없었어도 도망 나오지 않았을 거야." 현수가 말을 이었다.

"개새끼들 같은 도둑놈끼리 잘 지내면 되지. 지가 뭔데 선생님 행세를 하고 지랄이야. 밖에만 있었어도 죽여버리는 건데 징역이 저 살린 거라 고맙게 생각할 일이지."

"근데 이제 우리 어떻게 하지? 선생님들이 찾으러 다닐 텐데~."

길성이가 걱정하는 투로 말을 하였다.

"어떡하든 돈을 만들어야 하는데, 방법이 없을까?" 길성이가 말했다.

"기다려봐 다른 친구하고도 통화를 하였으니 친구가 돈 좀 가지고 나올 거야."

재영이가 걱정하지 말라고 말했다.

13.
탈출 계획

며칠이 지나고 형철과 상호는 다시 만났다.

상호는 톱날을 가져왔다고 하였다.

"어디 보여줘 봐."

형철이 물어보았다.

상호는 옆구리 옷을 올리더니 두 개의 톱날을 보여주었다.

형철의 가슴이 자신도 모르게 두근거리고 있었다.

왠지 입도 떨리고 있는 것만 같았다.

형철은 생각할 겨를도 없이 언제가 좋겠냐고 묻는 것이었다.

형철은 설마 하며 생각도 못 했는데 쇠톱 날을 보니 정말로 탈출을 해보고 싶었다.

"탈출하자고 말한 사람이 몇 명이나 돼?"

"다섯 명한테는 말했는데 모두 함께 가기로 했어."

"그중에 누가 선생님한테 벌리기(고자질)라도 하면 어쩌려고 그래?"

"괜찮아. 다 믿을만한 애들이야."

"언제 가게?"

"이번 주 토요일에 갈 생각이야. 3일에 한 번씩 당직이 돌아가니까 토요일에는 김철민 선생님이 당직이야. 김철민 선생님은 10시 넘으면 잠만 자니까 그때가 제일 괜찮은 거 같아."

"정말 확실한 거지?"

"내가 선생님들 야간 근무를 계속 봐왔잖아."

상호는 예전부터 선생님들의 야간 당직 일을 체크하고 있었다고 했다.

형철이 더듬어 생각해보니 맞는 거 같기도 하였다.

토요일에 탈출하기로 약속을 하였다.

나머지 아이들은 상호가 얘기해 놓는다고 하였다.

오늘이 수요일이다.

이제 3일밖에는 남지 않았다.

이렇게 3일이 지나고 세면장에서 상호를 다시 만났다.

인원이 3명 더 늘었다고 한다. 모두 믿을 수 있는 사람들이라 하였고, 다시 8명이 되었다.

탈출 시간은 토요일 밤 열두 시부터 철창을 자르기로 하였고, 토요일 밤 열한 시에 세면장에 모이기로 하였다.

시간의 흐름은 멈추지도 않지만 초조함과 긴장감으로 보낸 가운데 토요일이 왔다.

아홉 시면 취침이다.

하지만 잠을 청하면 안 되는 커다란 이유가 있기 때문이다.

열한 시까지는 참아야 한다.

열한 시까지 세면장에 가야 하기 때문이다.

이리 저리에서 속닥이는(들릴락말락 한 이야기) 소리가 귓가에 선명하게 들린다. 한 시간 정도의 시간이 지났을까? 졸음이 밀려오기 시작한다.

자면 안 된다. 절대로. 이리저리 들리던 소리들이 서서히 줄어든다.

중간쯤에서 코 고는 소리가 요란하게 들린다. 옆에서 자고 있는 사람이 몸을 건드리자 다시 조용해졌다. 하지만 다시 골기 시작한다.

이제 하나하나 잠이 드는 모양이다.

형철은 두 눈을 감은 상태에서 기도를 한다.

'제발 오늘을 무사하게 지나게 하소서. 오늘이 지나면 이곳이 생각나지 않게 하소서.'

기도를 하니까 졸음이 더 쏟아지는 거 같았다.

말소리가 새어 나오지 않도록 노래를 불렀다.

눈이 감긴다.

일어나 관물함을 열어 세탁할 옷 몇 개를 준비하고, 다시 관물함을 닫고 다시 제자리에 가서 눕는다.

약간의 잠이 깨인 거 같다. 자꾸만 가슴이 두근거리고 심장 박동 수도 조금씩 빨라지는 게 느껴졌다.

시간이 거의 되었다.

생각하고 발소리를 죽이며 사물함(형철의 짐을 넣어둔 곳)을 열어 빨래할 준비된 옷가지 몇 개를 챙기고 빨랫비누 한 개를 담아 조용히 생활관을 나오니 복도에 설치되어 있는 난로에서 훈훈한 열기가 몸으로 스며온다.

복도를 따라 50여 m쯤 가자 세면장의 팻말이 보이고 형철은 세면장 안으로 들어섰다.

누가 보아도 빨래를 하기 위한 사람으로 보일 것이다.

한 사람이 빨래를 하고 있었다.

그리고 5분 정도의 시간이 지났을까?

빨래를 하던 아이가 빨래를 마치고 나간다.

세면장은 상층과 하층으로 하나씩 있으며 하층은 고사반(신입이 당분간 생활하는 거실)과 보도실(선생님들이 근무하는 사무실) 그리고 독방과 커다란 목욕탕이 있다.

만 18세 미만들의 청소년이 범죄를 저지르고 가정법원에서 재판을 거쳐 단기, 중기, 장기로 구분하여 6개월, 1년, 1년 6개월의 시간을 이곳에서 갇혀 지내야 한다.

형철이 세면장에 도착하고 조금 있으니 한 사람 한 사람 세탁을 하기 위해 세탁물을 갖고 들어선다.

세면장으로 모인 사내는 모두 8명. 이들은 사전에 탈출을 하기로 약속하고, 토요일 오후 11시에 이곳 세면장에서 만나기로 했다. 토요일인 오늘 오후 11시, 한 명도 빠짐없이 모였다.

이날을 기다리며 긴장을 하였다. 긴장을 한 이유는 이들 중 한 사람이라도 선생님에게 고자질을 하면 계획했던 일이 수포로 돌아가는 건 물론, 그에 따른 처벌이 얼마나 무서울지 알고 있기 때문이다.

지금은 1월 말일이다.

모일 때는 모두 세탁물을 준비해 오기로 했다.

두 사람은 조금 늦었지만, 모두 모였다. 두 명이 더 있어서 그들이 나가기만 기다렸다. 그들이 나가자 여덟 명뿐이었다.

보초를 보시는 선생님은 복도 중간에서 난로를 쬐고 계셨다.

그분이 하시는 일은 세탁은 신경을 쓰지 않고 방 안에서 싸움이 일어나지 않도록 예방하기 위해서이다.

14.
춘천 소년원

춘천을 향하는 호송 버스는 차창을 모두 막아놓았는지 열리는 문이 하나도 없었다. 아니 맨 앞에 운전사와 선생님들이 타고 있는 곳은 창문을 열 수 있게 되어있다.

선생님이 앉는 자리 뒤에는 철망으로 막혀있고, 철문을 하나 만들어 앞에서 문을 걸어 잠그기 때문에 안에서는 밖으로 나갈 수가 없다.

서울에서만 있다가 호송 버스를 타고 서울을 벗어나자, 비록 호송 버스 안에서 전해지는 거지만, 코끝에 닿은 공기가 밖이라는 느낌을 가져다주었다.

차창 밖으로 보이는 산과 들 때문에 마음이 트이는 생각이 느낌으로 전해지기 때문은 아닐까 하는 생각이 든다.

한참을 달리다 보니 기차의 경적 소리도 들리고, 길을 지나는 비슷한 또래의 여자아이들도 보이고, 밭에서 일하는 농부들도 보이지만, 호송 버스는 아랑곳하지 않고 꾸준하게 달리고 있다.

양쪽 손목에는 수갑을 차고 손목과 팔에는 포승줄이 묶여있지만, 차창 밖으로 보이는 자유를 만끽하는 자연과 사람들을 바라보며 가다 보니 현실을 망각하는 것이 당연한 것은 아닐까 망상에 빠져버리기도 한다.

얼마나 달렸을까?

'춘천'이라는 표지판이 눈에 들어오고 나서야 망각에서 벗어나며 다시 긴장감이 밀려오기 시작한다.

다시 낯선 곳에 다다르고 있기 때문이리라.

춘천이라는 표지판이 보이고도 한참을 달려 산속으로 10여 분을 더 지나자 양쪽으로 포플러 나무가 우뚝 서있고, 그 가운데로 차들이 오고 갈 수 있도록 되어있다. 양쪽으로 줄지어 선 포플러 나무의 끝자락에 다다르자 학교 운동장 같은 철문이 보이고, 철문 옆에는 '춘천 소년원'이라는 문구가 길게 늘어져 붙어있었다.

호송 버스가 입구에 들어서자 녹색의 체육복을 입은 학생들이 운동장에서 공을 차고 있었다.

공을 차고 있던 아이들은 호송 버스가 왜 들어오고 있는지 알고 있을 것이다.

전국 어디서든 이송이 오고 가고 한다는 것을 알고 있을 테니까.

차에서 내려 운동장 쪽으로 한 바퀴를 돌아보자 학교에 운동 시합을 하러 온 것처럼 안정감을 주었다.

이곳은 입소를 입원이라고 하였으며, 출소를 퇴원이라 하였다.

감별소에서 얼굴을 아는 친구들이 몇 명 있었지만, 이곳에 들어온 지 얼마 되지 않아 말도 제대로 못 했다.

형철이 처음 배치된 곳은 '고사반'이었다.

고사반은 신입방이다.

처음 들어오게 되면 고사반에서 10일에서 20일이 지나기 전 선생님의 상담을 통해 본인의 적성에 맞는 곳에 가고 싶다 하면 그곳으로 보내주도록 되어있다.

형철이 배치된 곳은 중등반이었다.

고시반과 중등반은 붙어있었다.

반에 들어설 때는 문 입구에서 거수경례하며 "반성 신입 본방 배치받고 왔습니다."라고 큰 소리로 구형을 붙여야 했다.

형철은 고사 반에서 10여 일 만에 중등반으로 배정되었다.

입구에 서자 "반성 신입 본방 배치받고 왔습니다." 거수 구령을 하였더니 "나가 개새끼야!"라며 누군가가 형철을 향하여 책을 던졌다.

형철은 깜짝 놀랐다.

형철의 소문을 익히 들어서 알고 있을 텐데 형철에게 욕을 하다니. 형철은 '다시 한 번 치고받고 싸움을 할까?' 생각하다 이곳에서는 조용히 규율을 지키며 잘 지내보자고 스스로에게 다짐을 했기 때문에 참아보기로 했다.

그리고 호실 '중등반' 입구에 버티고 섰다.

무슨 일인가 일어날 것 같아서일까?

한쪽에 앉아있던 진구란 친구가 "야, 신입 받아." 말하자 몇몇 동료가 일어나 형철이 들고 있던 가방을 받아든다.

그 안에는 속옷과 양말 세면도구가 전부였다.

형철이 들어선 곳에는 30여 명이 생활하는 곳이며, 중·고등학교 졸업을 위해 공부하는 곳이었다.

춘천 소년원에 도착한 형철이 고사반에 가자 어느새 소문이 퍼졌는지 '빠삐용'이라는 별명을 줘 이름 대신 빠삐용으로 통했다.

춘천에서의 시작은 순조로웠다.

나름대로 생활을 잘하고 있었고, 서울에서의 고통의 나날에 비하면 너무도 편안하고 여유로웠다.

하지만 형철에겐 순조로운 생활을 막아버리는 유혹이 기다리고 있었다는 것을 미처 알지 못했다.

춘천에서 생활한 지 몇 개월이 지나기 전까지는 말이다.

결국, 춘천에서의 생활도 선생님들을 공포에 떨게 만들어 버린 것이다.

이곳에는 연모라는 두 번째로 들어온 친구가 있었다.

연모라는 친구와는 아주 친하게 지내고 있었는데 어느 날

"형철아! 너 탈출 한 번 더 할래?"

갑자기 탈출하자는 것이었다.

형철은 즉시

"미쳤냐?"

그랬지만 연모는 장난인 듯 아닌 듯 자주

"안 걸리고 나갈 수 있으니 같이 나가자."

형철에게 탈출을 한 번 더 하자고 계속 반복적으로 유혹을 하는 것이었다.

"형철이 너도 스물이니까 이제 6개월만 안 걸리면 이곳에서 잡으러 오지도 않아. 그럼 너나 나나 자유야!"

이곳에서 탈출하여도 만 20세가 넘으면 잡으러 다니지 않으니 이제 몇 달만 지나면 되는데 뭐하러 이곳에서 고생하느냐며 유혹 아닌 유혹을 하는 것이다.

하지만 형철의 크나큰 착각이었다는 것을 나중에서야 알게 되었지만, 이미 엎질러진 물을 주워 담을 수 없다는 것은 한참이 지나서야 알 수 있었다.

"연모, 너의 계획이 뭔데?"

"어, 내가 저번에 외부에서 동쪽 화장실 수리가 들어왔는데 그 사람들이 점심을 먹으러 갔을 때 공구 가방에서 뺀치랑 쇠톱 날을 몇 개 훔쳐서 구해놓은 것이 있어."

연모는 이미 탈출을 하려고 준비를 하고 있었던 거 같았다.

춘천엔 동편과 서편이 나누어져 있는데, 동편의 화장실이 고장이

나 외부에서 수리를 왔다는 것이다.

이들이 연장 가방을 화장실에 놓아두고 자리를 비운 사이 쇠톱과 펜치를 훔쳐 숨겨놓았다 했다.

쇠톱을 발견하자 또다시 자유로운 충동이 일었고, 곧바로 탈출에 합류하게 된 것이다.

"신발장 밑에다 감춰놓았어."

"어떻게 탈출할 계획이야?"

"지금 동편이 공사 중이니 밤 열한 시쯤 서편으로 모여서 세면장 창살을 뜯고 나가면 돼."

"여기서 나가면 담장은?"

"그래서 펜치를 준비한 거야. 펜치로 철망을 자르면 잘 잘려. 내가 테니스장에서 일을 해봐서 잘 알아."

결국, 연모를 만났을 때 어떻게 도망갈 건지 계획을 말 해보라고 했고, 연모는 (형철이 전에 서울에서 탈출한 이야기를 했었는데) 똑같은 방법으로 탈출을 하자는 것이었다.

형철은 처음엔 전혀 탈출할 생각도 하지 않았지만, 연모의 유혹을 뿌리치지 못한 채 날짜를 잡고 연락을 하라고 하였다.

이렇게 말하고 잊고 있던 어느 날이었다.

15.
천호동

아침부터 세차게 불어오는 눈보라는 얇은 옷을 입은 형철의 몸을 파고드는 듯 온몸이 쪼그라들 듯이 웅크리게 만든다.

낯익은 동네에 들어섰지만 어색하고, 동네를 몇 바퀴 왔다 갔다를 했지만 갈 곳이 없다는 것에 더 춥고 배고픔이 느껴져서 '괜히 탈출을 했구나.' 하는 후회감을 가져다준다.

천호 사거리에 다다랐을 때 길 건너 희미하게 보이는 '다방'이라고 쓰인 글씨에 불빛이 아른거리고 그곳을 향해 길을 건넜다. '명성다방'.

아침 일찍 문을 열어서인지 난로는 켜져있지만 아직은 냉기가 가시지 않아 춥게만 느껴졌다.

춥고 배가 고팠다.

다방 레지가 따뜻한 물을 테이블에 내려놓는다.

단숨에 물을 마시고 한 잔의 물을 더 시킨다….

천호동에서만 살았기 때문에 무작정 천호동으로 온 것이다.

아는 사람의 연락처도 없었다.

유일하게 중곡동에 살고 계시는 형의 연락처만 알 뿐이었다.

망설였다.

형한테 혼나면 어떡하지? 형철은 어려서부터 형한테 자주 혼이
났다.

형철이 맞을 짓을 했기 때문에 자주 혼이 났었다.

형한테 소년원에서 탈출을 했다고 하면 어쩌면 죽도록 두드려 맞
고 다시 소년원으로 끌려갈지 모른다.

하지만 아는 곳이라고는 형밖에는 없었다.

다시 한 번 망설였다.

몇 번을 생각하고 생각하다가 다방 한쪽 구석에 공중전화가 있는
곳으로 갔다. 10원짜리가 공중전화기 밑에 있었다.

아마도 공짜로 전화를 할 수 있도록 한 것인가 보다.

다이얼을 돌렸다.

"여보세요?"

형의 목소리가 들렸다.

"형."

"형철이냐?"

한 번에 동생의 목소리를 기억하고 있었다.

"네."

당황한 듯한 형의 목소리는 이내 차분하게 들려 왔다.

"어떻게 된 거야?"

조금 망설이다가

"소년원에서 도망 나왔어요."

"밥은 먹었니?"

"아니."

"지금 어디냐?"

"천호동이요."

"천호동 어디?"

"사거리에 있는 명성 커피숍에 있어요."

"조금만 기다려 형이 지금 바로 갈게!"

겁이 났다.

형이 때릴까? 안 때릴까? 형과의 통화를 마치고 커피 한 잔을 시켰다.

불안감과 초조함으로 따뜻한 물과 커피를 마시며 30여 분의 시간이 흘렀을 때 다급하게 문을 열고 들어서는 형의 모습을 볼 수 있었다.

"어떻게 된 거야?"

앉기도 전에 형이 물었다. 몸이 떨렸다.

"미안해요."

"다시 돌아가자."

"싫어요."

"배고프지?"

형철은 무언으로 배고픔을 말하고 있었다.

"일단 식당으로 가자."

형철은 형과 함께 길 건너에 있는 식당으로 향했다.

고기를 시키고 찌개와 밥을 시켰다.

형은 계속해서 소년원으로 다시 돌아가라고 권유하고 있었고, 형철은 다시는 가지 않겠다고 말하고 있었다.

식당 밖에는 하얀 눈발이 바람과 함께 휘날리고 있었다.

고기와 찌개가 나오고 형은 소주를 한 병 시키더니 형철에게 한 잔의 술을 따라주시며 마시라는 것이다.

형철과 형과의 나이는 10년의 터울이 있었다. 형철의 위로 두 명의 누나 다음에 형이 있기 때문에 열 살의 터울이 있는 것이다. 형철은 어려서부터 동네의 사고뭉치였다. 친구들과 수박 서리, 참외 서리는 물론이고, 남의 집에 열려있는 살구를 따다가 살구나무 주인에게 발각이 돼서 혼이 나자 저녁에 집에 있는 나무 톱을 가지고 그 집의 살구나무를 베어버리고 무작정 집을 나오기도 했다. 모든 잘못에 형철에게 혼을 내는 사람이 형철의 형뿐이었다.

그래서 형철은 지금 옆에 있는 형을 제일 무서워했다.

형은 형철에게 아버지 같은 존재였다. 늘 챙겨주고, 걱정도 많이 한다.

한 잔의 술을 마셨을 때 형은 다시 말씀을 꺼내셨다.

"형철아!"

"네."

"가자. 얼마 남지 않았잖아. 형이 더 자주 갈게."

"가면 선생님들한테 맞아 죽어요."

"그러게 좀 참지 왜 도망을 나와서 고생해?"

"절대로 안 가요."

"형철아."

"예."

"지금 밖에 선생님들이 와 계신다."

'순간' 형철의 얼굴은 공포로 사로잡히고 말았다.

"걱정하지 말고 다시 가."

지금 밖에 소년원의 선생님들이 기다리고 계신다는 것이다.

형철은 순간적으로 도망칠 수 없다는 것을 느꼈다.

모든 것을 체념할 수밖에 없었다.

형이 식당의 문을 열자 너무도 잘 아는 선생님들 두 분이 식당 안으로 들어섰다.

형철을 반기는 선생님의 환한 얼굴이 느껴졌다.

"아픈 곳 없지?"

선생님 한 분이 말씀하셨다.

"죄송합니다."

"괜찮아! 형철이는 바로 연락이 돼서 법무부에 연락도 되지 않았기 때문에 아무 일 없을 거야."

선생님은 안심을 시켜주셨다.

아무 걱정 하지 말라는 것이다.

선생님들도 식사하지 않아서 식당에서 선생님들의 밥을 시켜 함께 아침을 먹으면서도 선생님들은 형철을 자꾸 안심을 시키면서 식사를 하셨다.

식사를 마치고 식당을 벗어나 택시를 탔다.

선생님 한 분과 형 그리고 형철은 함께 불광동 소년원으로 택시는 서서히 움직이고 있었고, 다른 한 분의 선생님은 다른 곳에 들렀다 온다는 것이다.

불안감과 초조함으로 가슴이 두근거리고 '택시 문을 열고 뛰쳐나갈까?' 오만가지의 생각이 순식간에 형철의 뇌에서 오고 가고 있을 때 언제 택시가 소년원 앞에 도착했는지도 모른 채 멈추어 섰다.

16.
탈출 2

바람을 타고 들어오는 살 타는 냄새는 어디선가 개를 잡아 그을리는 듯 그다지 맡기 싫은 냄새는 역겹기만 하다.

시골이라 그런지 형철의 동네에서도 동네 어른들이 개를 잡는 날이면 목에다 끈을 묶어 나무에 매달아놓고 몽둥이로 후려친 다음에 개가 죽었다 싶으면 그 밑에다가 불을 피운다.

불을 피우면 불길이 묶여있는 개의 털을 모조리 태워버린다.

지금이야 동물보호법이 생겨 있을 수도 없는 일이지만 말이다.

유혹이라고 하는 것인지, 스스로 즐기려 하는 것인지 그것은 자신만이 알고 있는 사실이다.

다시는 잘못에 대한 경거망동은 하지 않겠노라고 스스로를 채찍

질하며 소리 없는 눈물을 흘린 나날이 얼마나 많았던가?

모두가 부질없는 가식이었던가?

많은 나날의 집념이 무너져버리고 있다는 것을 형철은 전혀 모르고 있었다.

한 번의 실수들이 열 배, 백 배의 고통을 안겨준다는 것을 그때는 정말 알지 못하였다.

이곳에서는 금지되어 있는 모든 부정적 행위를 즐기고 있었는지도 모른다.

불광동에서도 여기에서도 악마의 손길을 뿌리치지 못하는, 그래서 악마의 손을 잡아버리고 다시 악마와 같은 배를 타야만 했다.

춘천에서도 서울 소년원과 같은 방법으로 한 명은 망을 보고 한 명씩 교대로 철창을 자르기 시작했다.

서울 소년원의 철창과는 달리 춘천 소년원의 철창은 자르기가 더욱 힘이 들었다.

불광동에서의 철창은 하나 반만 자르면 되었는데 이곳에서는 가정식 철창으로 되어있어 몇 군데를 자르고서야 사람이 빠져나갈 수 있는 공간이 만들어졌다.

왜 선생님들은 이상한 느낌을 받지 않은 것인가?

세면장에 들어와 빨래하던 동료들은 왜 의심을 하지 않은 것인가? 차라리 모든 것이 물거품이 되어버렸다면 조금은 달라지지 않았을까?

이곳에서는 4시간 동안의 힘든 노력으로 철창을 자를 수가 있었고, 서울에서처럼 우연인지 8명이 되었다. 8명의 동료는 뚫린 세면장 창살 사이로 한 명 한 명 빠져나왔다.

이곳은 2층도 아니었고, 철창만 자르고 나면 쉽다고 생각했었다.

하지만 막상 1층 창문을 빠져나와 생활관에서 멀리 떨어져 있는 울타리까지 뛰긴 뛰었지만, 울타리의 높이가 너무 높았다.

테니스장의 울타리처럼 만든 그물망처럼 생긴 초록색 철로 세운 벽이었다. 모든 일이 순조롭게 진행되려고 했던 것인지 연모가 준비해온 펜치의 위력은 어김없이 이곳에서 발휘하는 큰 힘을 얻었다.

펜치로 철벽의 철사를 자르자 강한 철사도 힘없이 뚝뚝 떨어져 나갔다. 이곳도 따지고 보면 법무부 소속이고 죄를 짓고 죗값을 치르는데, 교도소처럼 높은 담장을 만들지 않고 도망가기 편하게 만들어 놓았을까?

너무도 허술하게 만들어 놓은 울타리 때문에 춘천 소년원을 벗어날 수 있었다.

우리 8명은 논두렁을 향해 뛰고 뛰었다.

뛰다가 논두렁으로 넘어져 얼굴이 긁혀서 피가 묻은 사람도 있었다.

뛰면서 두, 세 명은 넘어진 사람도 있었다.

얼마쯤인가 뛰었을 때 인가들이 보였다.

군데군데에서 개 짖는 소리가 들려온다.

우리는 인가로 들어가 소년원의 운동복을 모두 벗어버리고 빨랫줄에 널어놓은 옷가지들을 바꿔 입고 신발은 인가의 신발로 모두 바꿔 신고 다시 얼마쯤인가 정신없이 뛰었다.

가을이라 그런지 다 마르지 않은 옷은 약간씩 젖어있었다.

뛰면서 주머니에 손을 넣은 형철은 주머니에 젖어있는 5천 원짜리 한 장을 꺼냈다.

"야!"

형철의 소리에 뛰던 동료들이 걸음을 멈추고 형철을 바라본다.

형철이 오천 원권 지폐를 흔들어 보였다.

"뭐냐?"

"주머니에 들어있었어!"

아마도 주머니에 돈이 들어있는 줄 모르고 빨래를 한 것이다.

우리는 구멍가게에서 환희 담배 한 갑을 사서 태우며 우유와 빵을 샀다. 그래도 주머니엔 백 원짜리 다섯 개가 남았다.

우리 탈주자 8명 중에는 춘천에 사는 동료가 두 명이나 있었는데, 그중 봉우가 집에 전화한다는 것이었다.

"너 미쳤냐!"

"뭐가?"

"내가 불광동에서 집으로 전화해서 붙잡혔잖아!"

"우리 엄마는 달라!"

"나도 우리 형이 신고하리라고는 꿈에도 생각하지 않았어!"

"돈만 달래서 받아올게!"

"벌써 선생님들이 너희 집에도 와있을 거야!"

"야! 가지 말자."

옆에 있던 연모가 말했다.

봉우는 끝까지 갔다 온다고 하였다.

형철은 서울에서 집에 전화하여 붙잡힌 적이 있으므로 집에는 연락하지 말라고 했는데 자기 집에는 절대로 그러지 않는다며 돈이라도 구해온다며 집에 전화하고 집으로 갔다.

우리 일곱 명은 봉우가 붙잡히지 않기를 바라면서 만나기로 한 장소에서 기다리기로 했다.

30분이 지나고 한 시간이 다 되어가는데 집에 간 동료가 오지 않는 것이었다.

이상한 예감을 갖은 우리는 아무래도 이상하니 조금 떨어져 기다려 보자고 하였고, 우리는 약속 장소에서 50여 미터나 떨어져서 그가 돌아오기만 기다리고 있었다.

아니나 다를까 50m쯤 떨어져 기다리며 10여 분쯤 있었을 때 호송 버스가 그 자리에 서더니 선생님들이 차에서 계속 내리며 흩어지는 것이 보였다.

그때 춘천 소년원의 재범인 연모가 외쳤다.

"선생님이다!"

라는 외침과 동시에 우리는 다시 뿔뿔이 흩어져버렸다.

17.
독 안에 든 쥐

이기문 선생님과 유성운 선생님이 아이들의 집을 방문하였지만, 아이들은 집으로 연락도 오지 않았다는 것을 듣고 허탈한 마음으로 어디서 이놈들을 잡을까 걱정되었다.

아이들이 적어놓은 친구들과 친한 선배들의 연락처와 약도가 그려진 종이를 보며 택시를 타고 발품을 팔았다.

하루 종일 얼마나 돌아다녔는지 모른다.

이젠 다리에 힘도 빠져가고 있었다.

이렇게 하루는 아이들의 행방조차 찾을 길이 없었다.

하루가 지나가 버렸다.

오늘도 아침부터 미아리 부근을 정신없이 아이들을 찾기 위해 걷고 걸었다.

아이들이 음악다방에 잘 다닌다는 것을 알고 있었다.

우선 음악다방부터 위치를 파악하고 한 군데씩 찾아보기로 하였다.

점심시간이 넘어가도록 아침도 먹지 않은 탓인지 배 속에서 신호가 오고 있었다.

"우리 우선 점심을 먹고 움직이도록 합시다."

유성운 선생님이 말하였다.

이기문 선생님도 배가 고팠다.

서로의 마음이 통하는지 길 건너에 '호남식당'의 간판이 보이는 곳을 향해 걸음을 옮겼다.

간단하게 점심을 먹고 어디를 먼저 가야 할까를 고민하였다.

호남식당을 벗어나 봉고차에 탔다.

봉고차는 유성운 선생님 소유의 차량으로 작년에 구입한 차였다.

어느 한 곳을 찾아도 길을 잘 모르기 때문에 한참이나 소요되었다.

유성운 선생님은 한숨만 쉬고 있었다.

"날씨도 추운데 우리 커피 한 잔씩 하고 움직입시다."

"그러시지요."

점심을 먹고 나니 피로가 쌓인 탓인지 졸음이 밀려오는 것이 느껴졌다.

낮인데도 곳곳에 많은 간판이 네온사인의 불빛들로 반짝이고 있었다.

서울의 3대 창녀촌으로 청량리, 천호동, 그리고 이곳 미아리였다.

대지극장을 비롯한 몇 군데의 심야극장이 보이고 오락실, 레스토랑의 간판들이 눈에 가장 잘 띄는 것 같았다.

다방을 찾던 선생님의 눈에 '썬'이라는 다방의 간판이 반짝이며 유혹하는 듯 보였다.

20여 개의 계단을 내려가 지하에 있었고, 계단을 내려가는 동안 음악 소리가 흥겹게 흘러나오고 있었다.

입구에 들어서자 약간의 희미한 불빛이 음침한 분위기를 조성하기 위해 조명이 만들어진 것 같았다.

좌석에는 젊은 남녀들이 많이 앉아있었고, 듬성듬성 나이 들어 보이는 사람들도 있었다.

선생님들은 입구 옆에 빈자리가 있어 앉았다.

커피를 시키고 커피가 나오는 동안 이 동네의 아이들 친구들의 주소와 전화번호를 별도로 적어놓고 어디부터 가야 할까 결정을 하려고 했다. 커피가 나오고 따뜻한 커피를 마시며 첫 영화를 보기로 약속을 한 시간이 얼마 남지 않았는데 어떻게든 그 시간 안에는 다시 불광동으로 돌아가리라는 마음속에는 어제 그녀의 생각만이 맴돌기만 하고 있었다.

이기문 선생님은 커피를 마시며 연인들이 여유롭게 데이트를 즐기는 모습을 보며 자신도 시간이 나면 와이프와 함께 이런 시간도 가져야겠다며 홀을 두리번거리다 어느 테이블에 시선을 멈추었다.

네 명의 남자들이 앉아서 웃으며 대화하고 있는 모습, 순간 자리를 박차고 일어나려다 그대로 자리에 앉아

"찾았습니다."

"네?"

"가만히 계세요."

크게 말을 해도 음악 소리 때문에 잘 들리지도 않겠지만, 의식적으로 이기문 선생님은 두 번째 손가락을 입가에 대며 조용히 하라는 암시를 주며 유성운 선생님 옆으로 다가오더니

"저쪽 테이블에 아이들이 있어요."

유성운 선생님이 이기문 선생님이 가리키는 쪽을 보았다.

있었다.

아이들이 있었다.

'하나님, 감사합니다.'

자기도 모르게 속으로 외쳤다.

우리를 보면 아이들이 튈지 모른다.

아이들은 네 명, 그중 세 명은 소년원 탈주범이다.

이 동네에는 두 명인데 한 명이 더 있었다.

섣불리 움직이면 안 된다.

"어떡하죠? 덮칠까요?"

유성운 선생님이 조심스럽게 말을 꺼냈다.

"우리 이렇게 합시다. 파출소에 전화를 걸어 지원 요청을 하는 게

어떻겠습니까?"

두 분의 선생님들은 모자를 쓰고 있었다.

일부러 얼굴을 보려고 하기 전에는 동네 아저씨로 보일 것이다.

"제가 전화를 하고 오겠습니다."

유성운 선생님이 말을 하고 공중전화가 있는 곳으로 가고, 이기문 선생님은 아이들의 동태를 살피고 있었다.

잠시 후 유성운 선생님이 다시 테이블로 왔다.

"사복으로 갈아입고 와달라고 부탁했더니 그러겠다고 합니다. 한 10분 정도 걸린다고 하는데 괜찮겠지요?"

"저는 생각도 못 했는데 정말 잘하셨습니다."

유성운 선생님은 자신도 모르게 뿌듯함을 느낀다.

"우선 선생님이 밖에 있다가 파출소 직원이 오면 아이들의 위치를 알려주고, 한 사람씩 아이들 근처에 앉아있다가 신호와 동시에 덮치기로 하자고 하시지요."

"예, 그렇게 하겠습니다."

유성운 선생님이 밖으로 나가고, 이기문 선생님은 아이들의 모습을 모자 사이로 주시하고 있었다.

18.
열차를 타고

어디로 얼마 동안 뛰었는지 모른다.

자꾸만 뒤를 바라보며 뛰다 보니 목이 아플 정도까지 이르렀으니까.

주머니에 잔돈이 500원이 남아있었다.

구멍가게에서 환희 한 갑을 사고, 성냥을 샀다.

길에서 여유 부리다가 언제 붙잡힐지 모른다.

그래서 공중화장실을 이용하여 긴장된 마음을 풀고 한 개비의 담배를 피우고 나왔다.

선생님들의 모습을 보고 뛰다 보니 공범자들과는 모두 흩어져 버린 것이다.

낯선 춘천이라는 한복판에서 어느 쪽이 동쪽이고 서쪽인지도 모르는 채 다시 걷고 걷다 보니 배도 고프고 다리의 힘도 빠지고 나니 순간적으로 소년원에 돌아가고 싶은 생각도 들었다.

하지만 부질없는 생각임에 떨쳐버렸고, 차들이 다니는 도로들 피하며 아줌마들에게 혹은 학생들에게 물어보면서 근처에서 가장 가까운 역을 찾기 위해 걷고 걸었다. 오전이 지나고 오후가 들어서면서 춘천역을 찾을 수 있었다.

역을 찾았다는 기쁨도 잠시 역 주위에도 소년원 선생님들이 지키고 있다는 것을 알았다. 다시 역에서 멀어지기 위하여 정신없이 뛰었다.

한참을 뛰면서 생각하다 보니 역 뒤편이 생각이 났다.

그래서 걸음을 되돌려 다시 역을 향해 걸었고, 역 앞이 아닌 뒤편으로 걸었다.

역 뒤편에는 나무로 울타리가 만들어져 있었지만, 거기도 지키고 있으리라는 불안감에 저녁까지 기다리기로 하고 주위만 맴돌다가 한 갑의 담배를 다시 사야 했다.

혼자서 한 갑을 몇 시간 동안 모두 피워버린 것이다.

라면 한 봉을 샀다.

배고픔을 억제하지 못하여 생라면을 부숴 먹었다.

그리고 나니 배고픔이 가셨다.

길을 다니면서도 30대 후반의 남자들만 보면 모두 소년원의 선생님일 거라는 착각에 바른길을 가다가도 뒤돌아서는 노이로제 병자가 되어 가면서 논 한가운데쯤에 볏짚이 쌓여있는 곳을 발견하여 볏짚 몇 개를 빼어내니 여유로운 공간이 생겼다.

그곳에서 저녁까지 기다리기로 하였다.

희미하게 어둠이 깔릴 때까지 잠이 들었다.

가끔 바스락거리는 소리에 잠이 깨이기도 하였지만, 쥐들의 장난임을 알고부터는 계속 잠이 들었다.

눈을 떴을 땐 지나가는 사람들이 먼발치로부터 희미하게 보이고 있었다. 한 개비의 담배를 다시 피우고 나서 서서히 일어나 조마조마한 마음으로 역 울타리 근처에서 열차가 오기까지 서성이고 있었다.

그리고 가랑비가 내리기 시작했고, 30여 분쯤 흘렀을 때 기적 소리가 울리고 열차가 도착하였다.

순간적으로 뛰어오르고 싶었지만, 울타리 근처에서도 소년원 선생님께서 지키지 않을까 하는 불안에 망설이고 있을 때 다시 기적 소리를 울리며 열차가 서서히 출발을 하고 있었다.

그리고 형철은 천천히 움직이는 열차를 향해 뛰었고, 완전한 속도를 내기 전 닫혀있는 열차의 문 옆에 붙어있는 손잡이를 잡아 열차에 올라탈 수 있었다.

열차의 속도가 완전히 붙었을 때는 가랑비의 속도도 굵게 얼굴을 때리고 있었고, 빗방울도 굵어져 아픔이 일었다.

하지만 참아야 했다.

그리고 문을 열고 안으로 들어가야만 했다.

만약 누군가가 안에서 문이라도 잠가놓았다면 그대로 매달려 다음 종착역까지 가야만 하고 강하게 때리는 빗줄기에 견디지 못하고 손잡이를 놓아야 할지도 몰랐다.

하지만 다행히도 손잡이를 놓아야 하는 불상사는 생기지 않았고, 문을 열어 열차 안으로 들어설 수 있었다.

열차 안으로 들어서자 안도의 한숨이 흘러나왔지만 축축하게 젖어있는 한쪽의 옷을 보니 걱정이 되었다.

형철은 곧장 옆에 붙어있는 화장실에 들어가 입고 있는 옷을 모두 벗었다.

다행히 담배와 성냥을 젖지 않았다.

옷을 모두 벗어 옆에 놓고 한 개비의 담배를 피우고 나니 마음이 조금은 안정이 되었다.

젖어있던 쪽의 옷을 두 손으로 쥐어짜고 다시 입으니 온몸이 떨려왔다.

하지만 어쩔 수 없는 일이다.

이렇게 젖어있는 상태로 승객들이 앉아있는 안으로 들어설 수는 없는 일.

양쪽 열차가 이어진 중간에 있는 조금은 넓게 여겨지는 공간에 몸을 의지한 채 창밖을 주시했다.

순간 다시 긴장이 되었다.

열차가 어느 쪽으로 가는지 전혀 몰랐기 때문이다.

만약 서울을 향하지 않고 반대쪽으로 간다면 갈 곳 없는 외톨이가 되는 것이다.

지금도 마찬가지지만.

운이 좋았는지 열차는 청량리를 향하여 달리고 있었던 것이다.

중간중간 기차표를 검사하는 승무원이 다녔다. 이럴 때는 열차 밖으로 나가 처음에 열차를 탔을 때처럼 문 옆의 손잡이를 잡은 채 승무원이 지나가면 다시 문을 열고 들어오는 방법을 이용하여 청량리역까지 도착할 수 있었지만, 나갈 수는 없었다.

첫째로는 표가 없었기 때문이고, 둘째로는 혹시라도 소년원 선생님들이 지키고 있지는 않을까 하는 불안 때문이었다.

철로 몇 개를 건너서 뛰었다.

그러고 나니 지하철을 타는 곳이 나왔다.

무작정 지하철에 올라탔다.

종착역도 없이 한참을 달렸다.

그러고 다시 반대쪽 지하철을 타고 몇 번인가 반복하다가 청량리 근처인 휘경역에서 내렸다.

하지만 자꾸만 엄습해 오는 불안 때문에 입구로 벗어나지 못했다. 조금은 높다란 부럭 담을 뛰어넘고 나서야 완전히 자유로운 마음이 되었다.

이미 어둠은 짙게 깔려있었고, 비는 굵은 방울이 되어 계속해서 쏟아져 내리고 있었다.

주머니에 손을 넣어보니 100원짜리 한 개가 있었다.

이제 어떻게 해야 할 것인가를 생각하다가 568번 시내버스에 올랐다.

몇십 원이 부족하다고 태워달라고 하였더니 태워주었다.

형철은 시내버스를 타고 천호동까지 와서 내렸다.

낯익은 고향에 온 것처럼 마음이 설레고 있었다.

당장 어디로 갈까?

그렇게도 오랫동안 정들어 있었던 곳을 떠나있다 돌아왔지만 반겨주는 이 하나 없는 동네. 많은 사람이 우산을 쓰고 다녔지만 갈 곳도 없이 걷다 보니 이제는 완전히 젖어버린 옷. 순간 눈앞에 스치는 것이 있었다.

소년원이 생각났다.

그리고 '불광동 소년원'에서의 몸서리쳐지는 고통이 다시금 나의 마음을 전율케 하였다.

하지만 당장 갈 곳이 없었다. 집으로 전화를 할까도 생각했지만 뻔한 일이었다. 소년원 선생님께서 기다리고 있을 것이다.

19.
탈출의 대가

차에서 내리자 낯익은 운동장과 생활관의 모습이 눈에 들어왔다.

갑자기 눈앞이 캄캄해 보였다.

생활관과 동료들의 모습 또한 눈에 선하게 들어왔다.

선생님들의 모습도 또렷하게 떠올랐다.

다시 뒤돌아 뛰고 싶은 충동이 일었다.

하지만 그뿐이었다.

안 된다는 걸 알기 때문이다.

옆에서 함께 걸음을 걷는 형의 모습이 너무도 쓸쓸해 보였다.

형한테 괜히 전화했다는 후회감이 밀려왔다.

형이랑 함께 소년원의 사무실에 들어섰고, 선생님들은 형철과 형철의 형을 보자 서로 귓속말로 무수한 말들이 오고 가는 것이 보였다. 그 순간에도 형철은 '정말 안 때릴까? 때리면 얼마나 맞을까?'를 생각하게 되었다.

잠시후 선생님들도 형철을 비롯한 형에게도 아무 일 없을 거라고 안심을 시키며 형에게 고맙다며 '걱정하지 말아라. 이렇게 착한 애가 다른 놈들 꼬임에 빠져 그런 것이니 이제 걱정하지 않아도 된다'며 "바쁘실 텐데 그만 돌아가세요."라며 형에게 빨리 돌아가라 하였다.

형이 가지 않았으면 좋겠다는 생각이 간절했다.

하지만 그럴 수 없다는 현실이 안타까울 뿐이다.

30여 분의 시간이 지날 즈음 형은 내일 다시 온다고 말하고 소년원을 벗어나고 있는 형의 모습이 사무실 창문을 향해 보였다. 형철의 마음은 점점 더 불안감이 엄습해 오고 있다는 것을 직감적으로 느낄 수 있었다. 아니나 다를까 형이 정문 앞에 거의 다다르자

"김형철!"

"네."

"그래, 밖으로 나가니까 날아갈 것처럼 기분이 좋디?"

"잘못했습니다."

"네가 뭘 잘못해, 이리 와 개새끼. 무릎 꿇어!"

"잘못했습니다."

"뭘 잘못해 개새끼야!"

"이 새끼 오늘 아예 죽여버립시다."

선생님이 다른 선생님들을 향해 화난 목소리로 말씀하신다.

"정말 잘못했습니다. 다시는 안 그러겠습니다."

"뭐야! 그럼 또 그러겠다는 거야?"

갑자기 돌변하는 선생님의 모습은 마치 저승사자처럼 보였다.

"너희 때문에 선생님들이 개고생하는 거 알아 새끼야?"

"아!"

"윽!"

"으."

한 명의 선생님이 형철의 허벅지를 구둣발로 밟는다.

순간 아픔이 느껴지며 공포감이 느껴졌다.

다음 선생님도 허벅지를 운동화 발로 밟는다.

"다른 놈들 다 어딨어!?"

"잘 모릅니다."

"솔직히 말해!"

"정말 모릅니다."

"어디로 간다는 얘기 못 들었어!?"

"다 자기 동네로 간다고 들었습니다."

또 다른 고통이 피부를 타고 온몸 안으로 스며온다.

한 번 두 번 이어지는 발길질은 멈춰지지 않았고, 선생님들의 돌림빵의 구타는 30분의 시간이 넘어서고 있었다.

형철은 형이 원망스러웠다.

왜 집에 전화를 했을까?

형철 스스로가 얼마나 미련했는지를 느낄 수 있었다.

"지금부터 어떻게 해서 도주를 했는지 도주하기 전부터 하나도 빠뜨리지 말고 같이 도주한 놈들 이름까지 다 적도록! 알았어?"

"네."

선생님 한 분이 진술서를 쓰라고 A4용지 세 장을 건네주었다.

날씨 탓일까?

아니면 겁을 먹은 탓일까?

볼펜을 잡은 손이 잘 움직이지 않았다.

어디서부터 어떻게 써야 할지 생각이 나지 않았다. '진술서'라고 적는데 평소와는 달리 손이 잘 움직이지 않는다.

손이 얼었나 보다.

책상 의자에 앉아 탈출하게 된 동기를 하나도 빠뜨리지 말고 기록하라는 것이다.

바닥에서 일어나는데 일어날 수가 없었다.

다리가 부서지는 느낌이었다.

바닥을 짚고 책상을 잡고 겨우 의자에 앉을 수 있었다.

형한테 연락한 것이 자꾸만 후회가 되었다.

(만약 또 탈출한다면 다시는 형한테 전화하지 말아야지 다짐하였다.)

순간 이런 생각을 한 자신이 황당했다.

진술서의 종이를 보자 탈출을 하던 몇 시간 전의 일들이 뚜렷하게 스쳐 지난다…．

진술서

198*년 1월 23일

저번 주 월요일에 세면장에 있는데 상호가 저에게 와서 탈출하지 않겠느냐고 물어보았습니다.

저는 아무 생각 없이 "할 수 있으면 하자."라고 말했습니다.

상호는 저에게 정말 탈출할 마음이 있느냐고 물어보았고, 저는 "갈 수만 있으면 가지."라고 말했습니다.

그래서 "어떻게 탈출을 하려고 하느냐?"라고 물었더니 상호가 친구가 면회 올 때 건빵 상자 바닥에 쇠톱을 넣어오라고 하면 넣어온다고 했다고 하였습니다.

그래서 어떤 방법으로 탈출을 할 계획이냐고 물었더니 저녁에 세면장에서 빨래하는 척하면서 철창 창살을 자르고 창밖으로 나가기만 하면 된다고 하였습니다.

밖이야 담장만 넘으면 되니까 아무 문제가 되지 않는다는 것이었습니다. 저는 탈출할 마음을 조금도 갖고 있지 않았지만, 상호의 말을 듣다 보니 갑자기 밖으로 나가고 싶은 생각이 들었습니다.

그래서 우리 둘이 갈 거냐고 물었더니 벌써 같이 갈 친구들이 몇 명 더 있다고 하였습니다.

토요일에는 선생님들도 몇 명 없으니 토요일에 가자고 하였습니다.

그래서 저는 알았다고 하고 그냥 지내고 있는데 며칠 있다가 다시 상호를 만났습니다.

상호는 품속에서 쇠톱 날 두 개를 꺼내 보여주었습니다.

그때 저는 선생님께 말씀을 드릴까도 생각하였지만 차마 용기가 나지 않았습니다.

그리고 금요일에 상호를 다시 만났습니다.

상호는 내일 탈출할 거니 준비해서 저녁 열 시까지 세면장으로 나오라고 하였습니다.

그리고 토요일 저녁 10시에 세면장에 있으니 상호를 포함한 다른 친구들이 한 명씩 빨래하러 세면장으로 들어왔습니다.

상호가 눈치를 주는 친구는 함께 탈출한다는 신호였습니다.

이렇게 여덟 명의 친구들이 세면장에 모였습니다.

그때부터 저는 세면장 입구에서 누가 빨래하러 오는지 망을 보기 시작했고, 몇 명은 빨래를 하는 척하고 있었고, 세 명은 돌아가면서 철창을 자르기 시작했습니다. 새벽 세 시쯤 철창을 다 자르고 한 사람씩 철창 밖으로 나가게 되었습니다. 맨 마지막에 나온 제가 뚫린 철창이 보이지 않도록 옷으로 걸어놓고 나왔습니다. 그리고 식당 지붕을 타고 지붕 끝까지 와서 뛰어내리고 담을 넘었습니다. 모두 담을 넘어 밖으로 나온 다음에는 서로 흩어졌습니다. 저는 버스를 공짜로 타고 천호동으로 와서 형한테 전화하였고 형이 오셨습니다. 형이 선생님들을 모시고 와서 저는 붙잡혀 온 것입니다. 잘못했습니다.

용서해 주세요.

간략하게 진술서를 마무리하였지만, 형철은 진술서를 더 오래 쓰고 싶었다. 진술서를 다 쓰면 선생님들이 또 때릴까 봐 겁이 났다.

오후 다섯 시가 되기 전에 세 명의 동료가 붙잡혀 왔다.

형철은 이들과 함께 반복되는 기합과 매를 맞았다.

사무실에서 저녁 잠들기 전까지 온갖 기합과 구타를 당하며 온몸이 만신창이가 되어가고 있었다.

저녁 취침시간이 되어서야 독방으로 들어올 수 있었고, 식판에 식은 밥을 넣어주고 밥을 먹으라고 하였다.

온몸이 멍투성이였고, 한 숟가락씩 입속으로 들어가는 밥은 모래알을 씹듯 목구멍으로 넘어가질 않았다.

다음 날 아침 기상을 하기가 바쁘게 형철은 사무실로 불려가 다시 얼차려를 받기 시작했다.

그리고 아침 열 한시가 될 즈음 한 사람이 다시 붙잡혀 왔다.

김민철이라 한다.

탈출을 함께했던 친구다.

그때에는 얼굴만 기억하고 있었을 뿐 이름은 잘 모르고 있었다.

그날 처음 보았기 때문이다.

형철은 붙잡혀 온 동료들과 함께 맞고 기합받는 동안 그래도 혼자보다는 함께 있기에 서로 맞으면서도 의지가 되었다.

형철은 민철이와 함께 몽둥이로 엉덩이를 맞고 다시 얼차려를 받았다. 이제는 다리가 후들거려 일어나기조차 힘이 들었다.

그래도 일어나야만 했다.

그렇지 않으면 선생님들의 손찌검과 발길질이 이어질 게 뻔했기 때문이다. 또 하루가 지났다. 두 명이 스스로 소년원으로 들어왔다.

밖에서는 눈보라가 휘날리며 바람이 세차게 불고 있었다.

한 사람이 다시 붙잡혀 왔다.

어제처럼 반복된 기합과 구타. 다시 한 번 형이 원망스럽다는 생각을 하였다. 차라리 제일 늦게 붙잡혔더라면 좋았을 것이라는 생각이 들었다. 아니 덜 맞았을 것이라는 생각이다.

이렇게 10일이 지날 즈음 여덟 명의 탈출자들이 모두 붙잡혀 왔다.

하지만 여덟 명이 아니었다.

우리가 모두 탈출을 한 다음에 다른 한 사람이 더 탈출한 것이다.

우리가 뚫어놓은 구멍으로 탈출을 한 것이다.

형철은 제일 먼저 붙잡혀 한 사람씩 붙잡혀 올 때마다 함께 얼차려를 받고 맞았다.

1층 복도 중간에는 커다란 목욕탕이 있었다.

2월 초 영하 10도가 넘는 날씨 탓에 목욕탕 물이 꽁꽁 얼었다.

선생님 한 분이 얼어있는 얼음을 깨기 시작했다.

두껍던 얼음이 깨어지자 목욕탕에 채워졌던 물이 얼음과 함께 출렁거렸다.

우리는 모두 팬티만 입고 있었고, 모두 추위에 벌벌 떨고 있었다.

모두 어깨동무를 하게 하고 '앉았다 일어나'를 반복해서 하게 한 다음 얼음이 둥둥 떠 있는 탕 안으로 들어가도록 했다.

모두 망설이자 선생님의 손에 쥐어진 전자봉이 움직인다.

전자봉에 닿고 싶지 않아 서로 탕 안으로 들어간다. 전자봉에 닿는 순간 온몸에 전류가 흘러간다. 전자봉에 닿지 않기 위해 얼음을 어깨에 기대듯 하며 탕 안으로 들어갈 수밖에 없었다.

탕 안에 모두 쪼그리고 앉도록 한다.

어깨가 깨어질 듯 아픔이 느껴져 일어나려 하면 선생님은 전자봉을 어깨에 들이댄다.

이렇게 30여 분의 시간이 될 즈음 모두 탕 밖으로 나와 무릎을 꿇게 하고는 몽둥이로 꿇려있는 허벅지를 내리친다.

아픔이야 말할 수 없지만 참아야만 했다.

어쩌면 운동장 집합보다는 나았기 때문이다.

운동장에는 눈이 덮여있다.

팬티만 입고 운동장에 집합하면 운동장에서 온몸을 뒹굴고 기어가고 구르고 한다.

몸은 추운 줄 모르지만, 발바닥이나 얼굴 귀는 찢어질 듯 아프다.

우리 여덟 명은 매일 반복되는 얼차려를 받았다.

차라리 부모님의 말씀을 잘 듣고 공부라도 열심히 했더라면 이렇게 힘들어하지는 않았을 텐데 발끝에서부터 올라오는 후회가 두 볼을 타고 흘러내리는 눈물은 현실을 망각에서 깨어나게 하는 거 같았다.

이미 지나버린 어리석은 시간들이었다.

20.
3범죄를 하다

비는 더욱 거세게 내리고 있다.

입고 있는 옷은 모두 젖어버렸고, 갈 곳도 정하지 못한 채 건물 입구에서 비가 그치기만 기다렸다.

이 비는 언제 그칠지도 모르는 채 하염없이 내리기만 했다.

가진 돈이라고는 한 푼도 없이 깊어만 가는 어두운 밤을 어떻게 어디에서 보내야 한단 말인가.

막막한 생각 속에 갑자기 엉뚱한 생각이 가슴속에서 자리하기 시작했다.

순간적이긴 했지만 그다지 좋다, 나쁘다 할 처지가 아니었다.

일단은 주머니에 돈이 있어야 했다.

생쥐 꼴이 되어버린 채 고작 생각하는 게 도둑질이었다.

축축하게 옷을 적시며 건물을 벗어났다.

그리고 알지도 못하는 골목을 배회하기 시작했다.

어떤 중년 여자가 우산을 쓰고 골목으로 접어들었다.

까만 짧은 치마에 사파리 잠바를 입고 한 손엔 우산을 받치고 다른 한 손에 조그만 손지갑을 들고 골목으로 들어선 중년 여인은 골목을 향해 걸어가기 시작했다.

형철은 그 여인의 뒤를 따르기 시작했다.

가슴엔 두근거리는 듯 심장 박동이 빨라지기 시작했고, 형철은 계속 중년 여인의 뒤를 따라만 가고 있었다.

얼마쯤 갔을까?

그 여인은 어느 대문 안으로 들어섰다.

형철은 다시 허탈해진 마음으로 처음 들어선 골목 입구에 되돌아왔다. 빨라졌던 심장 박동이 다시 잦아들었다.

담배를 꺼냈다.

옷이 젖다 보니 담뱃갑에 물들 들었는지 거의 다 젖었으나 다행히 두세 가치는 젖지 않았다.

형철은 그중 한 개비에 불을 불이고 몇 모금 빨아댔다.

지나가는 사람의 뒤를 몇 번을 쫓아가다 다시 발길을 돌리자니 자꾸만 자신감을 잃고 있었다.

순간 형철의 눈동자가 어느 여인의 모습으로 향했다.

어딘지 부유한 집안에 사는 사람인 듯 차려입은 옷부터 고급스러워 보였다.

이번엔 기필코 하는 마음으로 그 여인의 뒤를 따르기 시작했다.

한 발, 한 발 형철은 여인의 곁으로 자꾸만 자꾸만 다가갔고, 여인은 뒤도 한 번 돌아보지 않은 채 어디론가 걷고 있었다.

형철이 자꾸만 여인의 옆으로 다가가기 시작했고, 마침내 여인이 들고 있던 품위 있어 보이는 핸드백을 재빨리 낚아채 뒤돌아서 뛰기 시작했다. 30m가량 뛰자 그제서야 "도둑이야! 도둑 잡아라!" 좀 전 핸드백을 빼앗겼던 그 여인의 목소리가 점점 멀어져 가고 있었다.

순간 당황한 탓에 목소리가 떨어지지 않았나 보다.

형철은 핸드백을 옷으로 감추고 허름한 건물의 화장실로 들어섰다.

아직도 뛰고 있는 심장 박동을 안정시키며 화장실 문을 걸어 잠갔다.

그리고 핸드백을 꺼내 지퍼를 열었다.

순간 핸드백 안에서 만 원권 지폐가 가득 들어있었다.

자꾸만 때리는 박동 소리는 금방이라도 가슴을 열어제칠 것만 같았다.

그 중년 여인의 핸드백에서 나온 거액의 금액은 이십이만 원 이었다.

형철은 젖어있는 안주머니 손으로 돈을 모두 감춰놓은 채 만 원권 10장을 꺼내고 나머지는 다른 주머니에 넣고 시장으로 향했다.

발걸음을 옮기며 누군가가 금방이라도 잡을 것만 같은 느낌 속에 주위를 주시하며 천호시장에 들려 운동화와 추리닝을 사서 안전하게 느껴지는 하숙집으로 향했다.

옷을 갈아입고 나니 허기진 배가 소리를 냈다.

식당에 들러 따뜻한 밥과 국을 단숨에 비워버렸다.

이제 주머니 안에는 십만 원이 들어있다.

나머지 돈은 하숙집 장판 밑에 깔아놓았기 때문에 안전했다.

이제 형철은 막 돌아다니고 싶었다.

예전에 자주 들렸던 음악 다실에 가보고 싶었다.

24시간 영업을 하고 아침 몇 시간을 제외하고는 디제이 박스에는 디제이가 항상 음악을 틀어주기 때문에 신청곡을 신청할 수도 있고, 얼마든지 있어도 된다.

밤에는 여자들도 많이 온다.

서로 눈빛만 맞아도 하룻밤을 보낼 수도 있다.

아니면 친구가 되기도 하고, 오빠가 되기도 한다.

많은 사람이 형철의 곁을 오고 가지만 이제는 이들이 하나도 부럽지 않았다. 형철은 돈을 아끼려 하지 않고 나이트클럽, 극장, 음악다방 등 막 쓰고 다녔다.

이렇게 며칠이 지나자 가지고 있던 돈을 모두 써버리게 되었다.

다시 주머니에 돈이 바닥이 나 있었다.

춥고 배고픔이 밀려온다.

조금씩 아껴 쓸 걸, 때늦은 후회를 해봐야 속만 쓰리고 다시 되돌아가지 않기 때문이다.

오늘은 어떻게 버텨야 하는가?

답답한 마음에 허름한 건물 3층 옥상으로 올라갔다.

옥상에는 조그만 옥탑방이 있었다.

옥탑방 조그만 창틈 사이로 빨간빛 불빛이 흘러나왔다.

호기심에 창틈으로 방안을 들여다보았다.

방 주인인듯한 사내 한 명이 코를 골고 자고 있었다.

그리고 한쪽 벽에 몇 개의 옷이 걸려있었다.

다시는 하지 말아야 할 생각을 또 하게 되었다.

옷걸이에 걸려있는 바지를 보았고, 바지 주머니에는 분명 돈이 들어있을 거라는 기대를 하였다.

하지만 저 옷을 어떻게 꺼내야 할까? 망설이던 중 옥상 한쪽 구석에 기다란 나무 몇 개가 눈에 띄었다.

얇고 긴 나뭇가지 하나를 들었다.

조금 열린 창문을 조금 더 열었다.

준비한 나뭇가지를 옷이 걸려 있는 쪽으로 넣어보았다.

가슴이 두근거렸다. 몸이 부들부들 떨렸다.

그러면서도 천천히 아주 천천히 바지를 나뭇가지에 걸 수 있었고, 창밖으로 꺼내는 데 성공을 하였다.

주머니를 뒤져보았다. 천 원짜리 몇 장이 잡혔다. 그리고 뒷주머니에 두툼한 지갑이 잡혔다. 재빠르게 주머니에 지갑을 넣고 3층 옥상을 빠져나왔다. 다시 뛰었다.

이곳에서 최대한 멀어지도록 뛰었다.

숨이 헐떡거릴 즈음 앞에 보이는 골목으로 들어갔다.

지갑을 꺼냈다.

두툼한 지갑 안에는 만 원권 지폐가 가득 들어있었다.

형철이 만져보는 가장 큰돈이었다.

오늘도 비가 형철의 마음을 때리듯 내리고 있다.

눈앞에 여인숙 간판이 보였다.

그곳으로 들어갔다.

문을 걸어 잠그고 지갑을 꺼내 돈을 세어보았다.

80만 원에 달했다.

다시 두근거림과 떨림이 왔다.

옷이 이렇게나 젖어있는 줄도 모르고 뛰었나 보다.

방 안에는 씻는 곳이 없었다.

밖으로 나가니 세면장이 있었다.

젖어있는 옷을 벗어 물로 헹구고 꽉 짜서 다시 입고 방으로 들어 왔다. 선풍기를 틀어놓고 옷을 말리기 시작했다.

잠깐 누워있으려다 잠이 들었다.

일어나니 아직 다 마르지는 않았지만 입을 만했다.

다 마르지 않은 옷을 입고 천호시장에 들려 새 옷을 사서 갈아입었다. 신발도 바꿔 신었다.

얼마 전에 샀던 옷들은 모두 버려버렸다.

비로소 자유로운 몸이 되었다는 생각이 떠올랐다.

아니 비로소 자유로워진 것이다.

온몸을 타올로 닦고, 따뜻한 방바닥에 벌거벗은 몸을 깔고 앉아 흑백 TV를 켜고 채널을 돌렸다.

갑자기 신음 소리가 흘러나오는 채널에 고정시키고 화면을 바라다보자 벌거벗은 여자 그리고 벌거벗은 남자가 정사를 벌이는 장면이 흘러나오고 있었다.

두꺼운 이불이 서서히 움직였다.

형철은 이불을 걷고 일어섰다.

아무도 없는 방안에 붙어있는 커다란 거울 앞에 섰다.

그리고 다시 옆으로도 서 봤다.

천정을 향하여 뻣뻣이 서 있는 자신의 성기를 바라보았다.

다시 TV 화면을 바라보았다.

형철은 오른손을 내려 자신의 성기를 잡았다.

밑으로 살짝 내리려 하였지만 뻣뻣한 탓인지 움직이려 하지 않았다.

손에 힘을 빼었다.

그리고 밑으로 한 번, 위로 한 번 상하 왕복 운동이 시작되었다.

5분도 되지 않아 하얀 액체가 벽을 향해 발사되었다.

하얀 액체는 벽에서 밑으로 천천히 아주 천천히 흘러내렸다.

좀 전에 몸을 닦은 타올로 벽에서 흘러내리는 액체를 닦아내고 다시 이불 속으로 들어가 TV 화면을 바라보았다.

갑자기 배가 고프기 시작했다.

인터폰을 들자 여자의 음성이 들려왔다.

형철은 아가씨 한 명과 맥주 그리고 오징어를 가지고 들어오라고 얘기하고는 수화기를 내려놓고 성을 내고 있는 성기를 향해 안정시켰다.

30여 분의 시간이 흐르고 난 후 노크 소리와 함께 형철보다는 나이가 많은 듯한 여자가 맥주와 안주를 가지고 들어왔고, 배고픔을 술과 안주로 어느 정도 채우자 배부름과 취기가 동시에 올라왔다.

늙은 여인은 형철의 몸을 애무하고 더듬은 다음 형철을 황홀경에 빠뜨리고는 급하게 나가버렸다. 아침까지도 그녀의 온기가 남아있는 듯 다시 한 번 그녀를 떠올려본다.

아침을 먹고 목욕하고 새 옷으로 갈아입고 나니 친구들이 떠올랐다.

예전에 기억하고 있던 전화번호를 눌렀다.

친구는 그때까지도 그 직장(신발공장)에 다니고 있었다.

친구는 형철의 전화를 받자마자 누가 찾아왔었다고 하였다.

형철의 삼촌이라고 속이면서 집 안에 급한 일이 있다면서 내게서 연락이 오면 곧바로 연락을 해달라며 전화번호를 놓고 갔다고 하였다.

형철은 직감적으로 소년원 선생님을 떠올렸고, 선생님들의 추적에 놀라움을 금치 못하였다.

친구에게 소년원에서 탈출하였다는 얘기를 했고, 또다시 찾아오면 연락이 없었다고 얘기하라고 하고 전화를 끊었다.

왠지 동네까지 와서 수사를 벌이고 있다는 생각이 들자 겁이 났다.

첫째, 머리가 짧기 때문에 눈에 잘 띈다.

둘째, 사람을 바라보면서도 자신을 경계하는 빛이 보이기 때문에 마음 놓고 걸어 다니기 힘들다는 생각이 미치자 다시 불안하였다.

이제 겨우 며칠이 지나고 있을 뿐이다.

형철은 우연히 가발을 파는 가게에 발걸음이 멈었다.

문을 열고 들어서자 여러 가지 모형의 가발이 있었지만 어떠한 가발이 어울릴까 생각을 하다 가장 좋은 것으로 하나를 구입하여 미용실에 들렀다.

그리고 조금은 길게 단발머리로 자르고 거울을 바라보니 조금 전과는 달리 조금 나이도 더 들어 보였고, 얼굴도 많이 변한 듯하였다.

조금은 안정이 되었다.

옷도 맞는 옷으로 입고 밥도 든든하게 먹고, 더군다나 머리도 감쪽같이 속일 수 있도록 가발을 쓰고 나니 겁이 달아난 듯했다.

다방에 들러 여유롭게 한잔의 커피를 마시고 어디에서 시간을 보낼까 망설이다 삼류극장으로 발길을 돌렸다.

이른 시간이라 그런지 영화관의 객석은 텅 비어있었다.

그리고 중간쯤에 희미한 그림자가 보였다.

여자였다.

여자 혼자서 영화를 보러 왔을까? 자꾸 신경이 쓰였다.

몇 명의 관객들이 들어오고 영화가 상영되자 극장 안은 컴컴해졌다.

형철은 혼자서 앉아있는 여자의 옆 좌석으로 걸어가 앉았다.

그녀는 형철을 살짝 바라보더니 그대로 앉아서 영화를 관람하고 있었다.

시간이 조금 지나자 형철은 그녀의 옆으로 몸을 살짝 기대보았다.

그녀의 반응은 없었다.

두근거리는 마음으로 전혀 모르는 여자와 함께 앉아서 영화를 보았다.

한 시간 이상의 상영 시간이 끝날 때까지 내용이 무엇인지, 어떤 스토리인지도 모른 채 온통 옆에 있는 여자의 생각에 빠져버리고 말았다.

영화가 끝나자 그녀는 재빠르게 극장을 빠져나가고 있었다.

형철도 그녀가 가고 있는 곳을 향해 빠르게 걸어갔다.

그녀의 옆으로 갔다.

가슴이 떨렸지만, 용기를 내어 말을 걸었다.

"시간 되면 커피 한잔할래요?"

형철을 바라본 그녀는 말이 없었다.

"밥 먹을래요?"

다시 말을 걸었다.

"맘에 들어서 그래요. 밥 먹고 커피 한잔해요."

"몇 살이에요?"

그녀가 물었다.

"스물하나요."

형철은 스무 살이었다.

"아가씨는요?"

"스물요."

"저기 갈래요?"

포장마차가 촘촘히 붙어있었다.

"좋아요."

우리는 포장마차에 들어갔다.

우동 두 그릇을 시키고 오돌뼈 안주와 소주 한 병을 시켜 마시고 무아 음악 다실에 들어섰다.

그녀와 잠깐의 만남 속에서 형철은 그녀와 오랫동안 만난 사이처럼 친해져 버렸다.

형철의 아버지는 큰 사업을 한다고 거짓말을 하였다.

하지만 형철의 아버지는 형철이 초등학교 5학년 때 돌아가셨다.

테이블을 모두 차지하고 있을 정도로 손님이 많았다.

그녀의 이름은 연화라 했다.

전주에서 언니랑 서울에 올라와 봉재 공장에서 일을 한 지 6개월
이 넘어서고 있는데 어제 철야 근무를 하고 쉬는 날이라 동네를 구
경하다가 영화관에 들어왔다고 한다.

시간의 흐름이 연화의 얼굴에 홍조를 띠는 걸 보니 조금 전에 마
신 술이 올라오는 것인가 보다.

연화가 확 취해버렸으면 좋겠다는 생각이 든다.

형철과 연화가 신청한 신청곡이 흘러나왔다.

음악을 듣는 내내 우리 둘은 테이블에 놓여있는 성냥갑에 들어있
는 성냥을 테이블에 쏟아 놓고 탑을 쌓기도 하고 메모지를 뜯어 종
이학을 접기도 하였다.

이유 없이 기분이 좋았다.

평화로운 듯한 느낌을 받았다.

이날 형철은 연화와의 뜨거운 밤을 보내게 되었다.

처음 만나 몇 번의 사랑을 주고받았다.

연화는 형철이 잠든 사이에 사라지고 없었다.

하루도 되지 않는 시간이지만 모든 것을 잊어버린 행복한 시간이
었다.

그러고 보니 연화가 일하는 곳의 전화번호도 알아놓지 않은 것이
아쉽기만 하였다.

갑자기 탈출한 이후의 일들이 궁금해졌다.

같은 공범자들은 어떻게 되었을까?

붙잡혔으면 몇 명쯤 붙잡혔을까?

만약 한 명이 집으로 가지 않고 여덟 명이 함께 생활하면서 집단으로 보냈다면 어떻게 되었을까?

모두 잡혔을까 아니면 한 사람도 잡히지 않았을까?

숱한 의문이 일기도 했지만, 지금은 그들과 떨어져 있다는 것이 현실이듯 어떻게든 나 자신의 생활 노출이 되지 않은 어떠한 곳으로 잠적을 해야만 한다. 어디에 숨어서 생활을 해야 할까? 이제 몇 개월만 다니면 소년수가 아닌 성년이 된다.

소년원에서 미성년자가 지난 나를 수용할 수 있을까? 숱한 생각에 휩싸이다 다시 여관에 잠자리를 잡아 누웠다.

그리고 들어오면서 공책과 볼펜을 사 가지고 들어왔다.

형철은 어떠한 생각이 떠올라서 그랬는지 춘천 소년원에 편지를 쓰기 시작하였다.

원장 선생님 귀하

저는 그곳에서 탈출한 김형철이라고 합니다.

원장님을 비롯한 여러 선생님께서 저를 따뜻하게 대해주시고 늘 따뜻한 말씀을 하여주셨는데 저는 선생님들께 크나큰 짐을 남겨두고 그곳을 탈출하였습니다.

어떠한 용서도 되지 않겠지만, 저의 죄를 생각하면 할수록 너무도 억울함에 많기에 자유를 그리며 그곳을 떠날 수밖에 없었습니다.

이제는 어떠한 죄도 짓지 않을 것을 맹세하며, 성공하여 원장 선생님과 여러 선생님께

저의 참된 모습을 보여드리겠습니다.

부디 저를 용서하여 주시고 저를 잊어주셨으면 합니다.

언제나 건강을 빌겠습니다.

-김형철 드림

석 장의 긴 편지를 쓰고 나니 피로가 밀려 왔다.

다음 날도 극장과 음악다방을 배회했다.

이렇게 반복되는 생활이 일주일이 되어가는 날 오후 세 시쯤 되었다.

모처럼 정들었던 '꽃' 음악 다실이라는 곳에 들어섰다.

이때는 가발과 안경을 끼고 들어섰다.

한낮인데도 많은 사람이 음악을 듣기 위하여 군데군데 테이블에 앉아 음악을 듣고 있었다.

형철은 구석진 테이블에 앉아 음악을 청하고 있었다.

30여 분쯤 흘렀을까 낮에는 극장에서, 저녁에는 음악다방에 이런 생활이 며칠 동안 반복되었다.

오늘도 여전히 천호동을 배회하고 있을 때 우연히 친구 종대를 만났다. 종대는 신발 공장에서 직장 생활하는 친구였는데, 다른 친구

의 소개로 만났다. 몇 년 만에 우연히 만난 우리는 커피숍에 들렀다.

종대는 형철이 소년원에 있다는 것으로 알고 있던 중 동원이라는 친구한테 연락이 왔었는데 형철을 찾는다는 것이다.

소년원에 있는 줄로 알았던 형철을 찾는다는 것은 무슨 이유가 있을 것이다.

혹시 소년원의 선생님들이 동원을 찾아가지 않았을까 이런저런 생각을 하고 있을 때

"참, 동원에게 너희 삼촌이라며 급한 일이 있다면서 어디 있는지 알게 되면 너에게 말하지 말고 알려달라고 하더라."라며 두 명이 찾아왔다고 하였다.

"삼촌?"

"그래, 삼촌이라더라."

형철의 삼촌은 한 명뿐이다.

"혹시라도 다시 오면 연락 오지 않았다고 연락 오면 연락 준다고 해."

그리고 삼촌이 동원이 다니는 회사는 알지도 못한다.

형철은 알 것 같았다.

처음 소년원에 가게 되면 밖에서 가장 잘 가는 곳이나 가장 친한 친구의 직장, 전화번호 그리고 약도와 이름을 적게 되어있었다.

형철도 이렇게 탈출하리라고는 전혀 상상도 하지 못하였기에 친구들의 이름과 전화번호, 약도, 잘 가는 곳의 약도를 선명하게 그려

주었던 것이 생각났다.

형철은 종대와 헤어지며 동원의 전화번호와 몇 명 친구들의 전화번호는 받아 적었다.

종대의 공장에 사람이 필요하면 일 좀 할 수 있도록 해달라고 말하고 종대의 전화번호도 적었다.

이렇게 한 달이 넘는 시간 동안 매일 동시 상영하는 극장과 음악다방에서 음악을 들으며 보내는 것이 생활화가 되어버렸다.

오늘도 동시 상영하는 영화를 보려고 하였지만 모두 본 프로여서 무얼 할까 고민하며 걷고 있는데 낯익은 음악다방이 눈에 띄었다.

21.
아 차

재영이, 현수, 길성이는 밖으로 돌아다니는 것보다 여기에서 해 떨어질 때까지 있다가 어둑해질 무렵 여기를 나가자고 했다.

어차피 이곳으로 재영이 친구가 돈을 가지고 온다고 했으니 이곳에 있어야 했다.

현수는 출입문이 열리면 자꾸 들어오는 사람들을 주시하고 있었다.

이것이 도둑이 제 발 저린다는 표현이 맞는 걸까?

현수는 이곳의 테이블에 앉아있을 때부터 혹시나 하는 불안감으로 사람들이 들어오기만 하면 긴장된 마음을 하고 있었다.

40대의 중년으로 보이는 사내 한 명이 두 테이블 떨어진 곳에 앉는다. 선생님으로 보이지는 않아 안심한다.

다시 5분 후 같은 또래의 사내 한 명이 반대쪽 빈 테이블에 앉는다.

역시 선생님들의 이미지와는 달리 신사적이고 깔끔하다.

다시 안심을 한다. 조금 전부터 앉아있던 모자를 쓴 아저씨가 카운터가 있는 쪽으로 일어나 가더니 현수가 있는 쪽으로 온다.

이유 없이 긴장감이 돈다.

"이재영!"

순간 자리를 박차고 일어서려 하는 찰나 누군가가 팔을 잡아 뒤로 꺾는다.

어느새 양쪽 옆 테이블에 있던 사내들이 옆으로 다가와 길성이도 똑같은 방법으로 한쪽 팔을 등 뒤로 꺾는다.

눈 깜짝할 사이에 길성이 재영이도 팔이 꺾여져 있다.

홀 안의 많은 사람이 일어나 이쪽에 시선을 둔다.

모자를 쓴 또 다른 사내가 옆으로 온다.

얼굴이 낯이 익다. 소년원 선생님이다.

순간 재영이 친구가 돈을 갖고 온다고 했던 생각이 스친다.

손목에 수갑이 채워진다.

현수와 길성이는 하나의 수갑으로 한 팔씩 채워지고, 재영이는 수갑 하나로 채워진다.

"감사합니다. 수고 많으셨어요."

"괜찮습니다. 다행입니다."

유성운 선생님이 파출소 직원들을 향해 고마움을 표시하고 자리를 뜨고 이기문 선생님과 함께 아이들을 데리고 밖에 세워놓은 봉고차로 향하고 있었다.

22.
심장이 멎어있었다

'꽃 음악감상실'

예전에 자주 왔던 곳이라 낯익은 모습이 눈에 선명히 들어왔다.

다방 레지가 왔다. 차를 주문하라는 것이다.

오렌지 주스 한 잔을 주문했다. DJ 박스 안에서는 DJ가 재치있는 멘트를 날리며 다방 안의 분위기를 흥겹게 만들고 있었다.

주문한 주스가 나오고 형철은 테이블에서 메모지에 낙서하며 시간을 보냈다. 신청서에 음악 두 곡을 적어 DJ 박스 구멍에 넣고 형철이 주문한 음악이 나오기만을 기다리고 있을 때 입구의 문을 밀고 들어오는 사람이 보였다.

형철은 10~20대 음악다방에 40대가 넘은 사람이 들어오자 다시 한 번 시선을 돌리게 되었고, 순간적으로 심장 박동이 멎어버리는 것을 느낄 수 있었다. 순간적이었다.

문을 밀고 들어온 사람은 춘천 소년원 선생님이었다.

어떻게 소년원 선생님이 이곳까지 올 수 있었지? 심장 박동이 멈춰버렸다. 아~ 이곳의 약도도 그려줬구나. 미처 생각하지 못했다.

순간적으로 수많은 생각이 오고 갔다.

심장 박동은 쉬지 않고 뛰고 있었다.

금방이라도 터져버릴 것만 같았다.

형철은 가발을 쓰고 안경을 꼈다.

머리를 숙이고 메모지에 국민교육헌장을 적고 있었다.

입술 사이로 막혀있던 숨이 새어 나왔다.

수많은 생각이 오고 간다….

알아보면 방법이 없다.

도망을 간다고 해도 붙잡히지 않을 자신이 없었다.

선생님이 서서히 옆으로 다가온다.

가슴이 자꾸 방망이질한다.

형철의 곁으로 선생님이 왔다.

일어서려 했다.

형철은 다시 뛸까 했지만 포기했다.

'제발, 제발 이곳을 지나치게 해주세요.' 하면서 마음속으로 기도를 하며 가만히 있었다.

글을 쓰는 손이 떨린다.

테이블 밑으로 손을 내렸다.

앞으로 다가온 선생님은 형철의 곁을 스스럼없이 지나쳐 간다.

형철의 곁을 지나 밀었던 문을 다시 밀고 음악다방을 벗어나는 선생님의 모습이 보인다.

갑자기 멈춰졌던 호흡이 크게 쏟아진다….

그리고 다시 심장의 박동이 시작되었다.

지금 밖으로 나갈까?

하지만 밖에서 선생님이 서 있지는 않을까?

겁이 났고 조마조마한 가슴으로 한 시간이 넘도록 다방에 있다가 조심하면서 밖으로 나왔다.

선생님은 없었다.

선생님께서는 형철의 머리가 길어진 것 때문에 알아보지 못한 것 같았다. 가발을 썼던 것이 이럴 때 필요했기 때문이리라. 만약 가발을 쓰지 않았더라면 지금쯤 소년원으로 끌려가고 있겠지 생각하며 그곳을 멀리 벗어나기 위해 택시를 탔다.

무작정 한강을 향했다.

한강엔 사람들이 많이 있었다.

데이트하는 사람들이 있는가 하면 농구 골대엔 농구하고, 축구 골대에선 공을 차는 사람들이 공을 차고 있었다.

형철은 공중전화 부스로 가서 동원에게 전화를 걸었다.

동원은 전화를 받고 바로 나왔다.

일을 하다말고 나온 것이다.

어떻게 된 것이냐며 가끔 삼촌이라고 하는 사람이 이틀에 한 번 꼴로 찾아온다는 것이다.

형철은 자초지종을 이야기했다.

혹시라도 그런 사람이 오면 절대로 모른다고 하라고 했다.

동원에게도 선생님들이 자주 찾아오고 있다고 했다.

형철도 이제 안정된 직장에 있었으면 하는 생각이 들었다.

형철은 동원에게 다른 회사에 일자리가 있으면 소개해달라고 부탁하고 저녁에 다시 만나기로 한 후 헤어졌다.

그날 저녁, 동원이와 오랜만에 술을 마셨다.

술을 얼마나 마셨는지 아침에 일어나니 주머니가 텅 비어있었다.

다시 버릇처럼 나쁜 생각을 하게 되었다.

다행히 동원의 소개로 다음 날 우성실업이라는 곳에 취직하였다.

우성실업은 인형을 만드는 공장이다.

봉재반과 완성반에는 거의 여자들이 일하고, 재단반이나 포장반 등 힘든 일은 남자들이 일한다.

생각보다 일이 재미있었다.

일할 때는 가발을 벗어놓고 일을 하였고, 일을 끝마치고 밖으로 돌아다닐 때는 가발을 이용하였다.

하루하루 흘러가는 시간은 금세 6개월이 넘어섰고, 나는 머리카락이 많이 자라서 가발을 쓰지 않아도 될 만큼 머리카락이 길었다.

이렇게 흐르는 시간은 소년원의 생각도 까마득하게 잊어버리게 했다. 봉제 공장에서 6개월의 시간이 흐르고, 많은 친구를 사귀게 되었다. 친구들과 어울림 속에서 지내던 어느 토요일, 다른 공장 사람들과 식당에서 회식하다가 싸움이 벌어졌다.

패싸움이었지만, 쉽게 끝이 났다.

우리 직장 동료들의 승리였다.

하지만 다음 날이 문제였다.

상대방 공장 동료가 진단을 끊어 진단서를 첨부하여 신고를 해버린 것이다.

모두가 기숙사에서 TV를 보는가 하면 늦잠을 자고 있는 일요일 아침, 피해자와 파출소 순경이 들이닥쳐 모두 파출소를 거쳐 경찰서로 연행되었다.

다행히도 형철은 아침 일찍 동원이란 친구와 함께 목욕탕에 들렀다 오는 바람에 연행되지는 않았지만, 남자들은 거의 경찰서에 갇히게 된 것이었다.

동원이와 형철은 어찌할 줄을 몰라 기숙사에서 서성이다가 일단 공장 사장님댁에 들러 사정을 설명하였다.

사장님께서 경찰서에 들린다고 하여 그곳을 벗어났고, 다시 몇 시간이 흘러 어떻게 되었는가 결과를 알아보기 위해 다시 들러보니 아무도 없었다. 대문 입구에 오토바이가 세워져 있어 경찰서 근처에 나 갔다 올 생각으로 사장님이 이용하는 오토바이를 끌고 나왔다.

그리고 경찰서에 들르지는 못하고 주위만 맴돌다 보니 걱정이 되었다.

형철은 동원에게 잠시 기다리라고 하고는 경찰서에서 들어갔다.

그리고 보호실을 보니 친구들과 형님들이 앉아서 어떻게 될 것인가 걱정만 하고 있었다.

사장님이 다녀가셨다 했다. 합의를 본다고 하였지만, 야간에 흉기를 휘둘러서 몇 명은 구속이 될 것이라고 하였다.

형철은 이들에게 주머니에 있던 담배와 라이터 그리고 돈을 건네주고 경찰서를 나왔다.

동원이 기다리다가 불안하였던지 조금 떨어진 곳에서 오토바이를 타고 왔다. 우리는 다시 사장님 댁으로 갔다.

23.

미쳤었나 봐

　　　　　　　　　　　　"시X, 괜히 탈출해서 생고생하네."

"난 그래도 좋았다. 정말 스릴 있고 좋지 않았냐? 첩보영화의 한 장면 같지 않았냐?"

"형철이 네가 제일 먼저 잡혔다며?"

"누가 집까지 와서 기다릴 줄 알았냐! 시X 이럴 줄 알았으면 집에 연락하지 않는 건데. 나만 제일 먼저 잡혀서 졸라 맞았다. 나에 비하면 니네들은 그나마 나은 거야. 야, 시X 선생들도 X 같더라. 우리 형이 있으니까 처음에 잡혀서 법무부에 보고도 하지 않았다는 둥 토닥거려주며 '얼마나 고생했냐? 힘들었냐?' 그래놓고 형이 나간 지 2분도 되지 않아서 X새끼, 개새끼, 죽이네 하면서 너희들 어디 있냐고 캐물으며 발로 차고. 하여튼 존나게 맞았다. 그것뿐이냐 니들 한 명씩 붙잡혀 올 때마다 같이 또 얼마나 맞았냐?"

"야, 난 연애도 뛰고 왔다. 시X 졸라 좋더라. 또 나가고 싶다."

"야, 우리도 연애 했어! 우린 여기서 나간 날 미아리에서 함께했지. 친구가 그쪽에서 잘 나가거든."

서로 탈출해서 있었던 이야기 등 함께 얘기하니 낮에 맞고 기합 받던 고통의 시간은 잠시 멈추어 있는 듯하였다.

형철은 제일 먼저 붙잡힌 것에 대하여 다시 한 번 억울하다는 생각이 들었다.

형철이도 연애라도 한 번 하고 왔으면 하는 아쉬운 여운이 스친다.

웅성웅성 떠드는 소리, 웃는 소리, 뛰는 소리를 들으며, 반지하의 독방 벽에 붙어 앉아서 자유롭게 왔다 갔다 하는 동료들의 소리를 들으며, 후회 같지 않은 후회를 하며 하루하루의 시간은 다시금 답답하고 미칠 것만 같은 몸부림의 나날이었다. 형철과 탈출 동기들은 '괜히 탈출을 했다', '탈출을 하지 않았으면 몇 달만 있으면 나가는데', '그래도 밖에 나갔다 와서 좋았다.'라는 등 서로를 탓하기도 하고, 때로는 히히덕거리며 웃기도 했다. 선생님들이 왔다 갔다 하다 시끄러운 소리를 듣기라도 하면 밖으로 끌려나가 기합받고 들어오기도 하고, 우리가 안타깝게 여기는 선생님은 조용히 하라는 말씀만 하고 그냥 가기도 하곤 한다.

한 평도 안 되는 독방(여기서는 징벌방이라 한다.)에 여덟 명을 넣어 놓고 몇 날 며칠을 함께 잠을 자게 했다.

우리는 늘 쪼그리고 잠을 자야만 했다.

이렇게 보낸 지 15일쯤 지났을까?

징벌방 한쪽 구석에는 이불이 정돈되어 있었다.

물론 이불은 늘 그 자리에 정돈되어 있었지만.

그런데 한 친구가 이불을 들어내자 바닥이 썩어있는 것을 발견한다.

썩어가는 마룻바닥을 움직이자 한쪽이 떨어진다.

하나하나 만지더니 사람이 들어갈 수 있는 공간이 생겼다.

밖에서 발소리가 나면 떨어진 나무를 빠르게 붙여놓는다.

바닥 밑으로는 70센티의 공간이 있다.

한 친구가 바닥을 만져보더니 흙으로 되어있다고 한다.

20일이 흘렀다.

우리는 또 탈출을 생각하게 되었다.

식당에는 쇠로 된 수저와 젓가락이 있다.

밥을 먹고 숟가락을 몰래 갖고 들어왔다. 숟가락은 땅을 파기에 안성맞춤이었다.

돌아가며 망을 보며 한 사람은 마룻바닥 밑으로 들어가 땅을 파기 시작한다. 계산상으로 5일이면 독방 밖으로 나갈 수 있으리라 판단했다.

우리는 다시 탈출하기 위해 돌아가며 땅을 파기 시작했다.

이렇게 5일간 땅을 팠다.

하루 정도만 더 파면 충분히 밖으로 구멍이 날 것이라 믿고 있었다.

하루를 더 팠다. 하루를 더 팠는데도 밖은 보이지 않았다.

모든 일이 생각처럼 뜻대로 되지 않는다고 했던가?

다음 날 갑자기 검방이 들어 왔다. 몇 명의 옷에 약간의 흙이 묻어있었다.

흔적을 없앤다고 없앴지만 흙냄새. 그리고 이상한 기운을 느낀 선생님이 모두 밖으로 나가도록 하고는 독방의 구석구석을 뒤져보더니 이불을 밀어 놓고 마룻바닥을 보게 되었다.

표가 나지 않도록 해놓았지만 결국 선생님의 눈에 띄고 말았다.

"모두 밖으로 집합."

"이놈들이 누구 죽이려고 환장을 했네."

우리는 다시 몇 날 며칠을 잠잘 시간을 제외하고는 맞고 또 맞으며 기합을 받았다.

다른 때에도 눈을 뜨기가 싫을 정도로 힘든 고통의 나날이었는데 그때보다 더 힘든 기합과 몽둥이 세례를 받고 또 받았다.

아니 어느 때는 모두 취침 시간에 데려다가 기합 줄 때도 있었다.

기상과 함께 복도에 무릎을 꿇고 앉아있다가 얼차려를 받고 하물며 어깨동무하고 '앉았다 일어나'를 하루에 수백에서 수천 번씩 하였다.

벌써 한 달이 지났는데도 아직까지 한 명은 붙잡히지 않았다.

탈출 미수로 인해서 소년원은 다시 한 번 발칵 뒤집혀지고 긴 회의를 하였다고 한다.

　빨리 다른 곳으로 보내자는 것이다.

　다시 며칠이 흘렀고 다른 동료들 대부분은 충주 소년원으로 이송을 가고, 형철과 다른 아이 셋은 춘천 소년원으로 이감을 가게 되었다.

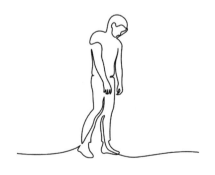

24.
다시 교도소로

아침에 누군가의 부르는 소리에 눈을 뜨니 피해 가족 몇 명하고 파출소 직원이었다. 형철이 얼굴을 내밀자

"저 사람도 있었어요."

낯모르는 사람이 형철을 향해 손가락을 가리키며 말했다.

"같이 좀 갑시다."

경찰관이 형철의 앞으로 다가오며 말했다.

"내가 왜 가요?"

형철이 말했다.

"일단 가서 확인만 하고 보내줄게요."

경찰관은 형철이 따라가지 않으면 강제로라도 데리고 갈 것처럼

말을 하였다. 형철은 말없이 따라나섰다. 따라나서다 갑자기 소년원 탈출이 머리에 스쳤다.

'후다닥.'

형철은 경찰관을 밀어내며 기숙사 밖으로 뛰었다.

골목을 뛰다 주택의 담을 넘고 다시 뛰고 담을 넘으며 정신없이 뛰었다. 하지만 어떻게 쫓아왔는지 붙잡히고 말았다.

형철은 피해자의 증언에 따라 붙잡히게 되어버린 것이다.

형철이 경찰서에 파출소 직원들의 이끌림에 붙잡혀오자 형사계 형사 한 명이 "이놈 어제 면회 왔던 놈 아냐?" 하는 것이다.

형사들은 잠깐 웅성거림이 있었다. "저놈 아주 대단한 놈이네, 간이 부은 놈이구나." 형철은 끝까지 때린 적이 없다, 싸움이 벌어졌을 때는 그곳에 없었다고 끝까지 부인했지만 어쩔 수 없었다.

피해자 쪽에서 있었다고 했기 때문이다.

형철은 이름을 속였다.

"김성민 1965년 3월 5일." 이름을 속이고 생년월일을 형철과 똑같이 말했었는데 우연의 일치로 맞은 것이다.

(당시에는 컴퓨터 시스템이나 지문인식이 되지 않았다.)

그렇게 해서 처음으로 유치장에 들어온 것으로 조서를 꾸미고 유치장으로 들어섰다.

유치장 안에는 동료들이 하루 먼저 와있었다. 동료들도 형철은 때린 적이 없다고 진술을 꾸몄으니 끝까지 그렇게 하라고 하였다.

이렇게 유치장에서 일주일 만에 검찰청을 거쳐 구치소로 옮기게
되었다.

25.
내가 왜 이랬지?

형형색색의 꽃을 피운 산자락은 새
로운 생명에 힘의 원천을 알려주듯 봄의 기운은 아지랑이를 통해
은은한 태양의 열기를 전해주기 때문인지 평화롭고 따스한 산소를
받아들이며 졸음을 유발하고 있는 듯하다.

운동장 한쪽 구석에 커다란 포플러 나무 아래에 몸을 기대고 생
각에 잠기던 형철은 머리에 부딪히는 충격을 받고 벌떡 일어난다.

어디선가 날아온 공에 머리를 세차게 맞은 탓에 순간 정신이 혼미
해지는 것을 느꼈다.

하지만 빠르게 정신을 차리자 족구 공이 날아온 쪽을 향하여 인
상을 찌푸리며 통통 튕겨 굴러간 공을 집어 들고 15척 담장을 향해
오른발을 이용하여 세차게 차 넘겨버린다.

순식간의 일이었다.

하지만 자신이 왜 담장 밖으로 족구 공을 차 넘겼는지는 자신도 이해하지 못하고 있는 듯하였다.

한쪽에서 족구를 하며 한 사내가 강하게 내리꽂던 공이 그대로 쭉 뻗어 형철의 머리에 맞는 순간 '띵'하는 느낌이 들었다. 눈에서 별이 보인다는 표현이 맞을 것이다.

미안한 감을 가지고 족구 공을 가지러 가던 사내와 공을 바라보던 사내들은 형철이 담장 밖으로 공을 차버린 것을 멍하니 바라만 보고 있었다.

족구를 하던 팀은 담 너머로 사라진 공이 돌아오지 않으리라는 것을 알고 있다. 담 너머에는 또 다른 울타리로 막혀있기 때문에 누군가가 일부러 공을 찾으러 가기 전에는 족구를 할 수 없다는 것을.

"너 일로와!"

금방이라도 죽통을 날려버릴 것 같은 표정으로 형철을 향해 오던 사내의 모습은 전형적인 건달의 폼이다.

양팔에는 문신을 새까맣게 새겨넣은 것으로 보아 온몸에도 문신으로 뒤덮인 듯 보였다.

이 사내가 형철이 있는 곳으로 걸어오며 소리쳤다.

형철은 자신이 어떠한 짓을 하였는지 비로소 알 수 있었다.

눈앞이 까마득해지며 이 상황을 어떻게 해야 하는지도 떠오르지 않았다. 이판사판이다.

형철이 누군가?

동네에서 원터치 까서 한 번도 져본 적이 없는 싸움꾼 아닌가?

아니, 알아주는 골통이 아니던가?

"시X, 왜?"

이렇게 말은 하였지만, 이상하게도 두 다리가 후들거리고 몸 전체가 떨렸다. 형철 자신은 정확하게 겁을 먹고 있다고 느끼고 있었다.

이런 일이 없었는데 왜 이리 다리가 떨리는지 형철 자신도 이해할 수가 없는 것 같았다.

순간 형철 앞으로 다가오던 사내가 형철의 목소리에 기가 죽은 듯 갑자기 발걸음을 멈칫 한다.

하지만 뒤에서 보고 있는 선후배들의 눈이 있지 않은가?

형철의 목소리에 먼저 기가 죽어버린 사내는 보고 있는 눈들 때문인지 형철의 근처에 다다랐다.

"너 지금 나한테 그랬어!?"

"그랬다 왜?"

"내가 그랬는데 일부러 그런 것도 아니고 족구를 하다 보면 그럴 수도 있는 건데 공을 밖으로 차버리면 어떻게 해 새꺄!"

"그래서 해보겠다는 거야?"

형철이 약간의 시비조로 말을 받았다. 이때 사내의 옆으로 비슷한 또래들이 몰려들었다.

"이런 개새끼가, 내가 누군지 알아!"

"네가 누군지 내가 어떻게 알아 새꺄! 넌 내가 누군지 알어 새꺄!"

서로 언성을 높이며 주고받으며 주먹을 교환하려는 찰나.

"니들 뭐하는 거야! 빨리 흩어져 운동해!"

어느새 교도관이 옆으로 와서 광경을 지켜보고 있던 싸움이 시작되려는 찰나에 막아버렸다.

싸우려던 찰나 교도관이 옆에 오는 바람에 싸움은 끝이 나고 모두 서로의 눈치만 보다가 한 명씩 그 자리를 벗어나기 시작했다.

하지만 이것으로 끝이 아니었다.

가만히 보고 있던 형철이 뒤돌아 걸어가던 사내를 향해

"개새끼."

하며 달려가더니 오른발을 날려 사내의 등을 내리꽂고 말았다.

"퍽."

"어."

"억."

"X새끼 죽어봐라!"

넋 놓고 걸어가던 사내는 그 자리에서 앞으로 고꾸라지고, 형철은 그 사내가 넘어진 상태에서 발로 마구 차고 있었다.

"퍽 퍽."

순간적으로 당한 사내는 너무도 순식간에 일어난 일이라 정신을 차릴 수가 없었다. 천천히 흩어져 가던 사내들이 형철의 이런 광경을 보고 있을 때 또 다른 사내 한 명이 형철의 곁으로 다가가 형철의 얼굴을 향해 오른쪽 주먹을 타격하자 또 다른 사내들도 형철을 향해 달려들기 시작했을 때서야 다시 교도관이 이들의 곁으로 왔다.

교도관을 호루라기를 불며

"그만! 그만해 새끼들아!"

하면서도 계속 호루라기를 불어댄다. 2~3분 난투극이 이어질 즈음 몇 명의 교도관들이 호루라기 소리를 듣고 달려 나왔다.

형철과 몇 명은 교도관들에 의해 끌려나갔다.

형철은 어떻게 맞았는지 생각도 나지 않았다.

하지만 얼굴에서 피가 나는 것을 보니 정신없이 맞기는 맞았구나 생각을 하였다.

맞는 순간은 아픔이란 것을 느끼지 못했으니까.

"운동 끝. 모두 입방!"

운동장에는 40~50명이 운동을 하고 있었는데 아직도 운동시간이 10여 분 정도가 남아 있었지만, 교도관의 '입방' 소리에 사방(각자 생활하는 방)을 향해 줄을 지어 섰다.

형철과 싸움을 하던 사내와 형철을 향해 덤벼들던 사내 3명 모두 다섯 명은 따로 다른 방향을 향해 발걸음을 옮겨 가고 있었다.

'관구실'

"다 무릎 꿇고 앉아!"

운동을 담당하던 교도관의 얼굴은 몹시 화도 났지만, 얼굴은 더욱더 빨갛게 달아올라 있었다.

"2765! 너 이름 뭐야!"

"김성민입니다."

"여기가 어딘 줄 알아!"

"예."

"아는 놈이 싸움질을 해?"

"지가 잘못해놓고 시비를 걸잖아요."

"내가 그만하라는 소리 들었어, 못 들었어!"

"갑자기 화가 나서요."

"이놈 봐라. 조그만 놈이 꼬박꼬박 말대꾸를 하네?"

"만약 공이 제 얼굴이라도 맞았으면 어쩔 뻔했습니까?"

담당은 너무도 어이가 없어 말문이 막힐 지경이었다.

대부분은 '잘못했습니다. 다시는 안 그러겠습니다.' 이렇게 말을 하는데 이놈은 너무도 당돌하고, 겁대가리를 상실한 놈 같았다.

족구를 하다가 실수로 김형철의 머리에 맞았다. 충분히 그럴 수 있고, 이런 일은 가끔씩 일어나기도 한다.

그렇지만 대부분은 미안하다는 선에서 끝이 난다.

하지만 오늘 일은 그냥 넘어갈 문제는 아닌 듯하였다.

담당 교도관이 근무를 할 때 불미스러운 일이 일어나면 기록이 올라가기 때문에 되도록 훈방으로 마무리를 하려고 애를 쓰지만, 오늘 일은 안 될 것 같았다. 교도관은 결단을 내렸다.

무릎을 꿇고 있는 다섯 명의 아이들을 모두 징벌을 먹이기로 하였다.

다섯 명 모두에게 자술서를 주어 자술서를 쓰게 하고, 모두 독방으로 보내버렸다.

얼떨결에 독방으로 오게 된 형철은 혼자 있으니 오히려 마음이 편했다. 이제 막 신입으로 들어와 낯 모르는 사람들과 함께 이틀을 보낸 것도 어색했는데, 신경 쓸 일이 없었다. 독방 안에는 아무것도 없었다.

혼자 누울 수 있는 공간 벽, 마룻바닥, 화장실, 그리고 철문 위에 붙어있는 사방 30cm 정도의 공간에 중간중간 철창처럼 박아놓은 것, 이것이 독방의 실태였다.

30분 정도 있으니 소지(사동 청소도 하고 심부름을 하는 애)가 물이 가득 채워진 바케쓰 하나를 들여보내 주었다.

이 바케쓰 물 한 통으로 설거지하고, 세면하고 하라는 것이다.

이 물이 하루를 쓸 수 있는 물이다.

하루 세 번 밥을 먹으면 설거지도 세 번을 해야 한다.

밥그릇이 비워야 다음 밥과 반찬을 담을 수 있기 때문이다.

오후 다섯 시쯤 되니 소지가 담요 두 장을 가져다주었다.

베개도 주지 않는다.

형철은 선선한 바람이 어디선가 벽을 타고 들어오는 것만 같았다.

독방에 혼자 있다 보니 많은 생각이 떠올랐다.

어린 시절부터 지금껏 살아온 나날을 떠올려본다. 제대로 살아온

날이 없었던 거 같다.

틈만 나면 싸움질하고 도둑질하고, 나쁜 짓만 골라 하며 다른 사람들에게 피해만 주며 살아온 자신의 과거가 가슴 속 깊이 스며오며, 본인으로 인해 피해를 당한 모든 사람들에게 미안한 마음이 들었다.

담요 한 장을 바닥에 깔고 한 장은 몸을 덮었다.

두 눈을 감았다.

피해를 준 모든 사람들을 하나하나 떠올리며 용서의 기도를 올렸다. '기도', 어쩌면 태어나 처음 해보는 기도였다.

몸이 이상하게 꿈틀거렸다.

형철은 일주일의 시간 동안 독방에 있으면서 반복되는 시간을 보내며 이렇게 살아서는 안 되겠다는 다짐을 하였다.

그리고 다시 혼거방(여럿이 함께 지내는 방)으로 전방이 되었다.

교도소에 들어온 지 얼마 되지 않아 싸움을 한 탓으로 면회도 되지 않았다. 싸움을 하면 독방에 있는 동안 면회를 할 수 없다고 한다.

다시 구속이 된 형철의 수용 생활은 순탄하게 흘러가지 않았다.

구치소에서 생활한 지 한 달이 넘었고, 40일째 되는 날 심리 재판이 열렸다. 대부분 구형 2년에서 1년 6개월을 받았고, 형철도 1년 6개월의 구형을 받았다.

그리고 10일이 지났다.

늘 점심시간이 끝나고 나면 음악이 흘러나오고 음악이 끝날 즈음에는 전방이 있다.

형철은 아무런 생각 없이 잡담을 하고 있는데

"2765 전방 준비하세요."

형철 자신이라 생각하지 못한 채 '누구지?' 생각하다가 자신의 수번이란 걸 깨닫게 되었다.

너무도 어안이 벙벙하였다.

갑자기 전방이라니?

형철은 교도 담당으로부터 전방 준비를 하라는 말에 잘못 들었나 해서 다시 한 번 수번(교도소에서 이름 대신으로 통한다.)을 대며 김형철이 맞는지 확인하였다.

"무슨 전방입니까?"

"저도 잘 모릅니다. 배방계에서 지시가 내려와서 전달합니다."

"심리도 끝나고 선고 3일밖에 남지 않았는데 다시 한 번 알아봐 주세요."

"점심 먹고 1시쯤 전방 하니 짐 다 싸놓으세요."

이렇게 말하고 배방계 교도관이 사동 복도를 걸어가는 발자국 소리가 들린다.

"어떻게 된 거야?"

같이 지내는 동료들도 놀라는 표정이었다. 형철은 무엇을 잘못했을까?

방 생활을 하면서도 부정행위를 한 적도 없고, 밖에서의 문제가 있다면 수사접견을 먼저 하는 것이 전례인데 도대체 무슨 일일까? 머릿속이 복잡하기만 하였다.

"2765 김성민! 전방 맞아요."

조금 전에 왔다 간 배방계 교도관이 다시 알아보고 온 모양이었다.

불안과 초조, 복잡한 생각들이 오고 가는 시간은 점심 배식이 오고 짐을 싸는 둥 마는 둥 오후 한 시가 넘어서자

"각 방 전방 준비!"

토요일과 일요일을 제외한 이 시간이 되면 전방이 이루어진다.

형이 확정된 사람은 확정(재판이 끝나 실형을 선고받은 사람) 방으로 옮기게 되고, 신입은 본방(재판을 받을 때까지 생활해야 하는 곳. 본방으로 옮기게 되면 죄명이 비슷한 사람끼리 함께 지내도록 정해져 있음)으로 전방이 되며, 마지막으로 항소방(1심 선고가 끝이 나면 본인의 원심 형량이 너무 많다고 생각이 될 때 2심의 재판을 한 번 더 받기 위해 항소를 하게 된다.)이 있다. 형철은 짐을 가득 담은 사물함 두 개를 들고 대기하고 있었다.

"2765 김성민 6하 12방"

"네? 다시 한 번 불러주세요."

"6하 12방입니다."

6하 12방이면 독방이다.

방 사람들이 다시 한 번 놀란다.

일반 거실도 이해가 되지 않는데 독방이라니.

'독방은 여럿이서 생활을 견디지 못할 때 상담을 통하여 정말로 여럿이 생활을 하지 못하는지 판단을 하여 독방을 보내지는 경우가 있고, 수용 거실에서 같은 재소자들끼리 싸움을 하거나 소지할 수 없는 부정 물품을 소지하고 있다가 적발이 된 때, 또는 사형수나 소내에서 판단하여 정하는 요주의 인물은 독방에 보내진다.'

하지만 형철은 이 중 어느 하나에도 속하지 않는데 독방이라고 하니 황당하지 않을 수가 없었다. 그렇다고 관에서 정해진 것을 억지로 되돌릴 수는 없는 일이다.

'무슨 일이지?' 의구심을 가지며 6동 하층으로 들어섰다.

'6동 하'

일반 수용 동은 훈기가 있는 반면에 독거 사동은 입구에서부터 냉기가 흐르는 듯 차갑게만 느껴졌다.

일반 수용동은 거실이 8개에 비해 독거 수용동은 거실이 16개 이상이 된다. 또한, 일반 거실은 앞뒤로 창문이 있어 낮에는 불을 소등하지만, 독방은 창문이 없어 하루 종일 불을 켜놓는다.

6동 하층에 전방을 온 사람은 형철이 뿐이었다.

사동 담당을 따라 12방 문 앞에 서고, 교도관이 문을 열어주어 방 안으로 들어섰다.

방 안으로 들어서자 어디선가 찬바람이 들어오는 듯 으스스한 분위기가 형철의 몸으로 스며온다.

가지고 온 사물함 두 개를 옆으로 내려놓고 바닥에 주저앉아 다시 한 번 왜 이곳에 왔는지 생각을 해보았지만, 도무지 떠오르질 않았다.

이렇게 한 시간의 시간이 흘렀을까?

"2765 김성민 씨 수번 바꿔 달아요."

하며 사소(사동을 청소하는 재소자)가 수번을 문틈 사이로 던져주고 갔다. 형철은 떨어지는 수번의 색이 다르다는 것을 보며 재빠르게 집어 보았다. 노란 수번, 요시찰 수번이었다.

이곳에서는 노란 수번이 붙어있으면 요시찰이라고 불렀다.

요시찰은 요주의 인물만이 주어지는 수번이다.

범죄단체라던가 조직폭력배, 강도, 강간, 유괴 또는 강력한 범죄자들만 붙이는 수번이다.

뭔가 불안함이 엄습해왔다.

다시 한 시간의 시간이 흘렀다.

답답함이 밀려왔다.

"각반 보안과장 순시!"

사소의 목소리가 6동 하층에 울려 퍼졌다.

일주일이 한두 번 정도는 보안과장이 전체 사동을 순찰한다.

순찰은 각 사동에 대한 안전을 체크하는 것과 불편한 것은 없는지 확인하고, 각 방에서 무슨 불만이 있거나 하면 순시할 때 이야기하기도 한다.

불안함과 답답함으로 다시 한 시간의 시간이 조금 더 흘렀을 때

"6동 하 차렷! 6동 하 25명 이상 무!"

"김성민 방이 어딥니까?"

"예, 12방입니다."

이 소리와 함께 여러 명의 발자국 소리가 형철의 방 쪽으로 걸어오는 것이 들렸다. 형철의 이름이 귓가에 스치자 형철은 철문에 뚫려있는 곳을 향해 사동 복도를 바라보고 있을 때

"김성민."

"네."

"네가 김성민이야?"

"네."

"아니지. 김형철이지?"

보안과장이었다.

아차, 이름이 뽀록(탈로)났구나. 형철은 폭행 사건으로 구속되었을 때 소년원에서 탈출한 것 때문에 이름은 김성민이라 하였다. 생년월일을 대충 대었는데 어떻게 똑같이 맞아 떨어지는 우연이 겹친 탓인지 같은 이름에 생년월일이 같은 사람이 있었던 것이다.

초범(처음)이라서 무조건 재판을 받으면 집행유예로 나갈 것이라 확신하고 있었다.

하지만 이제 탈로가 나버린 것이다.

"김성민! 아니 김형철! 여기는 그곳과 다르니 다른 마음 먹지 말고

생활 잘하도록 해!"

"예, 알겠습니다."

'이곳에서도 나갈 수만 있다면 나가고 싶다.'

순식간에 이런 마음이 들었다.

형철의 가슴이 두근거리기 시작하고 있었다.

'아 다시 소년원으로 가는 건 아닐까?'

불광동 소년원에서의 탈출로 인해 받은 기합과 고통들. 생각하기 조차 싫은 고통의 나날들을 생각하니 죽어버리고 싶다는 생각이 들었다.

이제 재판 3일이면 끝이 난다.

차라리 실형을 선고받았으면 좋겠다는 간절한 생각을 하고 있었다.

실형을 선고받으면 소년원으로 가지 않고 소년 교도소로 가기 때문에 탈출의 대가를 받지 않아도 된다는 생각을 한 것이다.

선고일이다.

수갑과 포승으로 온몸을 포박하여 법원에 갔다.

초조와 긴장감으로 제발 밖으로 내보내 주길 간절하게 기도했다.

"피고 징역 장기 10월에 단기 8월에 처한다."

그래도 소년원으로 다시 가지 않고 형철은 1심에서 징역형을 선고 받았다.

'하나님, 감사합니다.'

형철은 진심으로 감사의 기도를 드렸다.

다행히 소년원으로 돌아가지 않는다고 생각하니 마음이 후련하고 억눌린 가슴이 트이는 거 같았다.

2주가 될 무렵 형이 확정되고, 두 달 가까이 독방에서 더 보낸 다음 인천 소년교도소에 이송을 가게 되었다.

26.
인천 소년교도소

이송을 오면서 대부분 함께있던 동료들이 유명 상표 옷이나 양말 등을 챙겨준다.

소년교도소는 생각보다 더 살벌하였다.

이곳엔 지도 요원이 있었다.

지도 요원들은 같은 재소자들이 하는데, 대부분 건달 생활을 하던 사람과 그의 인맥들로 이뤄져 있다.

신입들을 강당에 모두 집합시키고 들고 온 짐은 모두 뒤에다 모두 놓고 의자에 앉도록 한다.

몇 분 동안의 위압감을 포함한 겁을 잔뜩 주고는 두 눈을 감도록 한다.

만약 눈을 뜨면 죽이기라도 하듯 겁을 준다.

두 눈을 감고 있으면 다시 10여 분 동안의 생활 지침을 말한다.

이때 다른 지도들이 뒤에 내려놓은 짐들을 재빠르게 풀어헤치며 유명 메이커의 옷과 양말 등을 몰래 감추어 버린다.

신입 들은 알아도 말 한마디 못하고 빼앗기는 경우가 대부분이다.

하지만 약간의 건달기나 골통 기가 있는 사람의 물건이 사라졌을 때는 소란이 생긴다.

"내 보따리 누가 뒤졌어! 가져간 사람 빨리 내놔!"

"넌 뭐야? 새꺄 따라와!"

이럴 때는 따로 불러 그 사람의 물건을 다시 돌려주며 달래기도 한다.

신입 절차를 모두 마치고 영화 『실미도』의 훈련의 체계가 잡혀있는 부대처럼 양손을 힘차게 휘저으며 옆도, 뒤도 쳐다보지 못한 채 앞사람의 뒤통수만 바라보며 걷고 있는데 어디선가

"형철아!" 부르는 소리가 들린다.

하지만 형철은 이름을 부르는 쪽을 쳐다보지 않았다.

고개를 돌려 쳐다보다 조금 전의 아이처럼 되고 싶지 않았다.

조금 전에 함께 걸어오던 한 사람이 고개를 돌렸다는 이유로 지도(이 안에서 안장을 달아 준 도둑놈들의 대장들이다.)에게 맞고 밟히고 하는 장면을 목격했기 때문이다. 일반 구치소와 교도소와는 하늘과 땅 차이 같았다. 다른 곳과는 분위기부터 달랐기 때문이다.

옆에서 바라보는 선생님들도 못 보고 다른 곳을 보는 척하고 있

었다.

모두 앞에서 이끄는 통솔자를 따라간 곳은 취사장 안의 식당이
었다.

몇 군데의 교도소에서 이곳 소년교도소로 이송을 왔고 모든 신입
절차를 마치고 나자 저녁을 먹지 못한 탓에 취사장 식당에서 저녁
을 먹고 신입 방으로 들어간다는 것이다.

모두 긴장된 몸으로 서로를 눈치 보며 줄을 서서 신입들을 위해
준비된 식판 하나와 플라스틱 숟가락과 젓가락을 들고 밥과 반찬을
식판에 담아 준비되어 있는 의자에 앉아 밥상 위에 올려놓는다.

"모두 차렷!"

우리를 통솔했던 지도 중 한 사람이 말을 하자 우리는 모두 식판
을 식탁 위에 놓고 두 손을 다시 무릎 위에 올려놓는다.

좀 전에 뒤따라 온 선생님(소년교도소는 교도관을 선생님이라 부른
다.)이 밥을 먹기 전에 말을 하였다.

"여기까지 오느라고 수고들 많이 했습니다. 이제부터는 여러분들
이 이곳을 나가는 그 날까지 서로 싸우지 않고 서로 양보하며 새로
운 사람으로 거듭 태어나야 합니다. 여러분들은 모두 죄인입니다.
죄 안 짓고 이곳에 온 사람 있으면 손들어 봐요?"

잠깐 동안의 침묵이 흐르는 동안 손을 드는 사람을 한 사람도 없
었다.

"여러분들은 이곳에서 시키는 대로만 하면 됩니다. 만약 시키지

않는 일을 하는 사람에게는 거기에 따르는 상응의 조치를 취할 것
이니 절대로 후회하는 사람이 없기를 다시 한 번 말씀드립니다. 이
제 저녁을 먹고 각자의 정해진 방으로 들어갑니다. 방에 들어가서
도 고참들의 말을 잘 듣고 생활 잘하도록! 알겠습니까?"

"네!"

우리들은 모두 힘차게 대답을 하였다.

"지금부터 식사 시작을 하면 모두 '감사히 먹겠습니다.' 복창하고
식사를 합니다. 알겠습니까?"

"네!"

"식사 시작!"

"감사히 먹겠습니다."

형철이 허겁지겁 식판에 담긴 밥을 먹고 있는데 "형철아!" 하는
소리가 들렸다. 형철이 소리가 나는 쪽을 향해 바라보자 동네에서
함께 어울리던 인빈이 형님이었다. 형철은 인빈이 형님을 보자 너무
도 반가웠다.

"형님!"

인빈이 형님도 지도라는 안장을 차고 있었다.

"너 어떻게 된 거야?"

"사람 때리고 들어왔습니다."

"얼마 받았어?"

"10개월 받고 이제 8개월 정도 남았습니다."

"며칠만 버티고 있어라. 형이 형 있는 곳으로 올 수 있게끔 말해 놓을 테니까."

"알겠습니다. 형님!"

인빈이 형님이 지도들에게 무어라 말을 하고는 그곳을 벗어났다.

지도라는 안장을 찬 사람들은 모자에 줄이 한 줄부터 세 줄까지 있었고, 줄이 많을수록 고참이라고 하였다.

인빈이 형님은 모자에 줄이 두 개였다.

"배식 끝!"

저녁 배식이 모두 끝이 났다.

"모두 맛있는 식사를 하였습니까?"

"네."

이제 여러분들이 지낼 사동(생활관)으로 들어가게 되는데, 들어가기 전에 마지막으로 여러분들의 체력을 확인하며 들어가겠습니다.

지도 완장을 찬 사람은 선생님인지 도둑놈인지 분간하기 힘들었다.

"몸이 아프거나 불편한 사람 손들어!"

"김형철!"

"네!"

"너는 이쪽으로 나와!"

"네!?"

"몸이 많이 아프다며?"

"아니 괜찮은데요."

"나오라면 나와 새까!"

"네!"

형철은 얼떨결에 많은 대열에서 열외가 되었다.

왜 나오라고 하지? 궁금증이 있었지만, 곧 알 수 있을 거 같았다.

인빈 형님의 배려라 생각했다.

하지만 그것도 그것으로 끝이었다.

열외되고 잠깐 앉아있을 때 주임 선생님이 옆으로 다가와서 "넌 뭐야?" 땅을 바라보고 있다가 깜짝 놀라 위를 바라보니 덩치가 커다란 선생님이 바라보고 있는 것이 아닌가?

"어디 아파!?"

형철은 멍청하게도 "안 아픈데요."라고 말하자

"야! 애는 뭐야? 아프지도 않다는데 왜 여기에 앉혀!"

"예. 아까 배가 많이 아프다 하길래…."

"일체의 열외를 시키지 말도록!"

"예, 알겠습니다."

형철은 좋았다 말았다.

"모두 밖으로 나가 이열종대로 서도록!"

우리들은 서로 앞다투며 취사장 밖으로 뛰어나갔다.

2월의 바람은 온몸을 깍듯이 차갑고 강하게 불어오고 있었다.

취사장을 따라 옆으로 돌아서자 가파른 언덕이 나오고, 언덕 아래에 다다르자

"모두 제자리 서! 한 줄은 왼쪽! 한 줄은 오른쪽! 3부 옆으로 이동한다."

우리들은 옆으로 이동하였고, 들고 있던 짐을 그 자리에 내려놓았다.

"다시 사열 종대로 모인다."

무엇인지 모를 찬바람이 온몸을 휘감고 가고 왠지 모를 긴장감이 초조하게 만든다.

"모두 앉아! 지금부터 두 손은 귀를 잡는다. 한 사람이라도 낙오자가 있으면 처음부터 다시 시작한다. 모두 한 번에 끝내고 빨리 사동으로 갈 수 있도록 알겠습니까?"

"네!"

대체 무엇을 하려는 것인가?

왜 살벌함이 뇌를 스칠까?

역시 느낌은 피부를 타고 이어지고 있었다.

가파른 언덕 아래서 쪼그려 뛰기가 이어졌다.

처음에는 10회를 하였다.

마지막 구호는 소리를 내면 안 되었다. 하지만 어디선가 마지막 구호가 들려와 다시 20회가 이어지고 40회, 80회 이렇게 30분 넘도록 쪼그려 뛰기가 끝이 나고, 가파른 언덕을 향해 오리걸음으로 다섯 번을 오르내리자 눈물이 하염없이 흘러나왔다.

영하 10도를 웃도는 날씨에 바람까지 불어 체감온도까지 포함하면 영하 15도에서 20도에 이르는 추위 속에서도 이마에 땀방울이 맺힐 정도의 기합을 받고 나서야 바닥에 내려놓은 짐을 들고 사동으로 향했다.

온갖 힘든 얼차려를 주기 때문에 눈물을 흘리지 않고 신입 교육을 받은 사람이 없을 정도의 마의 눈물고개라 한다.

이곳을 거처 미지정 거실로 간다.

미지정 거실엔 스무 명의 인원이 생활하는 대 거실이라고 한다.

형철과 세 명의 동료가 들어갔다.

미지정 거실은 신입들이 들어가서 공장에 출력하기 전에 대기하는 거실이다. 이곳에서의 신입 방이나 다름이 없었다.

2사 하 3방이었다.

세 명이 거실에 들어서자 스무 명 정도의 인원 중 세 명을 제외한 모두가 앉아서 차렷 자세로 있었다.

형철과 같이 들어온 동료가 화장실 쪽에 가서 앉았다.

순간 선임으로 보이는 동료 한 명이

"누가 앉으랬어? 일어서 개새끼야!"

욕설하며 같이 온 동료의 가슴을 발길질로 차는 것이다.

동료가 뒤로 넘어지자 또 다른 동료의 가슴을 찼다.

동료도 넘어졌다.

다음은 형철에게 발길질이 이어졌다.

처음 들어오는 발길질을 피하지 않고 몇 번을 맞았다.

형철은 다른 동료보다 덩치가 있어서인지 구타가 더 심한 거 같은 생각이 들었다.

왠지 모를 오기가 생기기 시작했고, 순간 형철은 가슴으로 들어오는 발을 두 손으로 붙잡고는 양반 자세로 앉았던 발 한쪽을 빼고 발길질을 하던 동료의 한쪽 발을 힘껏 내쳤다.

동료는 그 자리에 쿵 소리를 내며 넘어졌다.

무릎 밑 정강이뼈를 맞고 형철을 노려보더니

"야! 이 새끼 잡아!"

순간 몇 명의 동료들이 일어서고 순식간에 형철을 향해 덮쳐왔다.

형철은 덮쳐오는 이들을 향해 주먹과 발길질을 수도 없이 하였지만, 결국은 여러 명을 감당할 수 없는 탓으로 얼마나 맞았는지 정신이 없었다.

"죽여 개새끼들아!" 형철은 일부러 큰 소리로 악을 쓰며 대들었고, 우당탕 싸우는 소리를 듣고 담당이 왔다.

형철과 형철을 때렸던 동료가 모두 밖으로 끌려 나오고 처음 형철과 싸웠던 동료와 둘은 하층 독방으로 옮겨졌다.

수갑을 차고 온몸이 묶였다.

인천 소년교도소의 생활을 이렇게 시작되었다.

형철은 2주간의 징벌이 내려지고 이곳으로 오자마자 독방 생활이 이어졌다.

독방은 완전 시베리아 벌판이나 다름없었다.

화장실 쪽으로 좁다란 창문이 있지만, 창문에는 비닐로 가려져 있다. 이리저리 찢긴 탓인지 찢어진 창문 틈으로 바람 소리를 내며 차디찬 바람이 독방을 휘감는다. 밖의 기온을 유지시키려는 듯 온몸이 얼어붙을 것만 같았다.

이렇게 독방에서 3일을 맞이하고 있을 때

"김형철." 부르는 낯익은 인빈 형님의 목소리가 들리고 인빈이 형님이 사동에 들렸다가 독방에 갔다는 소식을 듣고 독방으로 오신 것이다.

이곳은 같은 수용자라 하더라도 지도에게는 전 사동을 돌아다닐 수 있는 권한이 있었다.

물론 대부분의 지도들은 건달 생활을 하다가 이곳으로 들어와 건달들의 인맥으로 지도의 안장을 차는 것이다.

"조용히 며칠만 참지. 그것도 못 참냐?"

"죄송합니다. 형님!"

"어쨌든 며칠만 더 고생해라. 형이 형 공장으로 이야기해 놓았으니까."

"감사합니다. 형님!"

인빈이 형님이 가고 저녁 배식이 끝나자 관에서 지급하는 담요 두 장이 식구통(사각으로 된 밥이나 책 등을 넣어주는 곳)을 통해 들어왔다. 조금 있자 "폐방!" 소리가 들렸다.

폐방이 되면 하루의 모든 마무리가 되고, 폐방 이후로는 누구도 방을 나갈 수 없다. 죽기 전에는.

폐방이 끝나면 모든 재소자는 방에 들어가고 인원 점검이 주어진다. 인원 점검은 행여 도주한 사람이 없는지, 이탈한 사람이 없는지 확인하는 절차이다.

이 밤도 추위에 떨며 지내야 한다는 생각에 서글픔을 담고 있을 때 갑자기 문이 열리며 "인빈이 형님이 넣어주래." 하며 소지를 통해 요담프(간장을 담아 썼던 빈 통에 뜨거운 물을 가득 담은 통)를 가져다주셨다.

3일을 어떻게 버텼는지 생각하기조차 싫었다.

요담프를 받는 순간 뜨거운 열기가 온몸을 녹이듯 몸속으로 스며드는 듯하였다.

바닥에 담요 한 장을 깔고 한 장은 덮었다.

담요 안에 요담프를 넣으니 따뜻한 열기는 장작불을 피워놓은 아랫목처럼 뜨끈뜨끈하게 느껴졌다.

'형님, 정말 고맙습니다.' 마음속 깊이 인빈 형님이 이렇게 고마울 수가 없었다.

2주의 독방이 끝날 때까지 요담프는 매일 같은 시간에 가져다주었다.

이렇게 2주간의 독방 생활이 끝이 나고, 다시 미지정(공장에 출역하기 전까지 머무르는 방) 거실로 올라왔다.

더는 형철을 건드리려는 동료는 없었다.

이곳은 물이 귀하다.

머리를 감을 때 밥그릇 하나로 감는다.

밥그릇 하나로 머리를 감는다는 것은 누구라도 이해하기 힘들 것이다. 하지만 겪어본 사람은 밥그릇 하나로도 머리를 깨끗하게 감을 수 있구나를 알게 된다.

먼저 선임이 깨끗한 물로 머리를 감는다.

그리고 선임이 감은 물로 다음 사람의 머리에 물을 부어 비누칠하고 헹군 다음 마지막 깨끗한 물 한 그릇으로 머리에 아주 조금씩 부어주며 마무리를 하게 된다.

처음에는 감당할 수 없고, 할 수 없는 일이라 하여도 사람들은 어떠한 상황에서도 어떻게든 헤쳐 나가는 지혜가 떠오르기 마련인가 보다.

이곳에 온 지 한 달이 될 즈음 몇 명을 제외한 대부분 동료가 출력하고 새로운 사람들이 그 자리를 채워가고 있었다.

형철은 어느 날부터 허리에 종기가 나서 허리가 굳어가고 있었다.

의무실을 가면 약만 지어줄 뿐 다른 처방이 없었다.

자꾸 심해지는 고통을 호소하고 있을 때 옆에 있던 현식이라는 동료가 갑자기 엎드리라 하더니 많이 부어올라 손으로 짜면 고름이 흘러나오는 곳에 얇은 비닐을 대더니 입으로 그곳을 빠는 것이다.

모두 더러워 쳐다보지도 못하는 곳을 입으로 그곳을 빨아대는 현식이는 아랑곳하지 않고 한참을 반복하더니 어느 순간 허리에 응어

리진 무엇인가 몸을 뚫고 빠져나오는 시원함을 느꼈다.

누구도 할 수 없는 『동의보감』에 나오는 허준이나 할 수 있는 일을 현식이는 형철을 위해 해주었다.

그날 이후로 '종기'는 씻은 듯이 나았고, 며칠 후 현식이는 인쇄소로 출력을 나갔다.

현식이는 누나를 강간한 동네의 선배에게 칼을 들고 찾아가 다섯 번을 찌르고 살인을 한 죄로 10년의 실형을 선고받고 이곳으로 오게 되었다고 했다.

절대 후회는 안 한다고 했다.

형철은 매일매일 현식이의 고마움을 잊지 않고 있었다.

현식이가 아니었다면 정말 큰일을 치를 뻔했다고 생각한다.

며칠이 지나고 형철은 인빈이 형님이 있는 '양재'라는 곳으로 공장 출력되었다. 양재는 재소자들의 옷과 이불을 만드는 곳이다.

형철이 봉제반에 들어서자 40여 명쯤 되는 사람들이 죄수복을 입고 미싱(재봉틀)을 하고 있었다.

양재반은 3년 이상의 형을 받아야만 들어올 수 있는데 형철은 인빈 형님이 미싱을 잘한다고 배방계에 얘기해서 뽑아 왔다고 했다.

형철은 쪽가위를 갖고 미싱을 하는 사람의 보조 일을 하고 있었다.

주로 이곳에서 하는 일은 재소자들의 옷을 만들고 있었다.

한쪽에서는 고참들과 건달들의 옷을 맞춤으로 양복점처럼 만들기도 한다.

이렇게 만들어다 주면 고급 메이커 옷과 또는 영치금으로 상당한 금액의 구매를 시켜주기도 한다. (일명 범치기라도 한다.)

형철의 형기는 짧기 때문에 미싱을 배우지는 못하고 계속 보조 일만 하였다.

그리고 자주 다른 공장들과 축구 시합이나 족구 시합 등이 있으면 데리고 가서 시합을 시켜주었다.

형철이 운동을 잘하기 때문에 차출되어 양재공장으로 출역이 되었기 때문이다.

이곳에서의 하루의 일과는 신입 순으로 다섯 시에 일어나 화장실에 들어가 양치하고 세수하고 나오면 다음 신입이 들어가고 신입들이 모두 씻고 나오면 고참이 들어가 씻는다.

이렇게 여섯 시 반이 되면 아침 인원 점검을 하고, 아침을 먹고 여덟 시부터 공장으로 출역을 한다.

공장에서 여덟 시 반쯤에 다시 인원 점검을 하면 아침 일과가 시작이 된다.

열한 시 반부터 점심을 먹고 오후 네 시가 되면 다시 한 번 인원 점검을 하고 방으로 들어온다.

모두 방으로 들어오면 마지막 인원 점검을 하고, 다섯 시에 저녁 식사를 마치면 아홉 시까지 자유 시간이고 아홉 시에 취침을 한다.

토요일은 오전에만 일을 하고, 일요일은 하루 종일 방에만 있다.

이렇게 똑같이 반복되는 시간이 계속 흘러갔다. 언제 이렇게 흘렀는지 벌써 10개월의 시간이 지나 만기일이 되었다.

같이 지내던 동료들과 이별을 하였고, 형철은 만기방에 올라갔다.

이제 밖으로 나가면 무엇부터 해야 할까? 아무리 생각을 해도 당장 갈 곳이 없었다. 공장에 취직을 하기로 마음먹었다.

만기 방은 출소하기 3일 전에 들어가게 되는데, 밖으로 나가서 무엇을 할지 좀 더 생각하라는 차원에서 만들어졌다고 한다.

또 3일이 지나고 드디어 오늘, 아니 몇 시간만 있으면 자유의 몸이 된다고 생각하니 자꾸 설렌다.

뜬눈으로 보낸 형철은 많은 상상은 하며 이제 밖으로 나가기만 하면 완연한 자유의 몸이 된다고 들떠있었다.

새벽 다섯 시가 넘었다.

이제나저제나 문을 따려나 망설이며 있는데, 문을 따는 담당은 한 사람도 오지 않았다.

형철은 담당 교도관을 불렀다.

"선생님! 선생님!"

모두 잠든 새벽 시간이라 큰 소리로 부를 수 없어 조그마한 소리로 불렀다. 어느새 선생님이 오셨다.

"선생님, 다섯 시가 넘었는데 부르지 않길래요?"

"알았어, 알아봐 줄게."

"네 감사합니다."

선생님이 복도를 벗어나는 발걸음 소리가 희미하게 멀어지고 5분

후 다시 발자국 소리가 들리더니

"조금만 더 기다리란다."

"네."

초조한 마음으로 빨리 문을 열어주기만 기다리고 있었다.

이곳은 교도관을 선생님이라 부른다.

아직 석방 지시서가 내려오지 않았다고 한다.

선생님은 누가 형철을 데리러 온다는 것이다.

아직 도착하지 않았으니 조금만 더 기다리고 있으라는 것이다.

무언가 가슴을 억누르는 것이 불안했다.

혹시 하는 생각을 했다.

이미 성년의 나이가 되어버린 형철을 소년원에는 데려가지 않으리라 생각했다.

역시 틀린 생각이었다.

오후 두 시가 되어서야 출소라며 보안과로 데리고 갔다.

보안과에서 처음에 입고 구속되었던 옷을 세탁하여 가져다주어 입었다.

만 몇천 원의 작업 수당을 받았다.

보안과 직원에게 인사를 하고 있는데 누군가가 등을 두드렸다.

등을 두드리며 말하는 인자한 목소리에 뒤를 돌아보니 그곳에 춘천 소년원 선생님이 서 계셨다.

"그동안 고생 많았지?"

순간 죽고 싶었다.

하지만 모든 것을 체념할 수밖에 없었다.

소년원 선생님은 형철의 손목에 수갑을 채웠다.

그리고 가지고 온 포승줄로 몸을 묶었다.

선생님은 네 분이 오셨다.

봉고차를 타고 오셨다.

형철은 선생님들을 뵐 면목이 안 서 고개만 숙인 채 선생님들의 이끌림에 순순히 응했다.

이렇게 춘천 소년원에 도착한 형철은 징벌 거실에서 생활하게 되었다.

27.
깨달을 수 있었어

성인이 되면 소년원에 가지 않는다고 해서 재판을 받을 때도 간절하게 실형을 선고받게 해달라고 기도했는데, 그래서 실형을 선고받고 얼마나 감사하게 생각을 했는데 모든 것이 거짓이었단 말인가?

차라리 이럴 줄 알았다면 소년원으로 다시 가게 해달라고 기도할 걸 하는 후회감이 밀려왔다.

교도소에서 나가고 싶지 않다는 생각이 든다.

왜 나에게는 이런 시련이 온단 말인가?

이것도 하늘의 뜻이란 말인가?

오만 가지의 생각이 오고 가지만, 선생님을 따라가야만 하는 것은 변하지 않은 현실이었다.

선생님들이 타고 온, 법무부 마크가 붙어있는 봉고차를 탔다.

1년 만에 포승줄에 묶인 팔이 움직이질 않는다.

수갑을 찬 손이 꼼짝하지 않는다.

이렇게 답답한데 전에는 왜 이렇게 답답함을 느끼지 못했을까?

겨드랑이에 땀이 맺히기 시작한다.

봉고차를 타고 교도소를 벗어나는 형철의 마음은 금방이라도 차 문을 열고 뛰어내리고만 싶었다.

하지만 생각뿐이라는 걸 형철 자신이 더 잘 알고 있었다.

잠겨진 차 창밖으로 시선을 두었다.

형형색색의 옷을 입고 오고 가는 많은 사람이 보인다.

지금쯤이면 형철도 저들처럼 자유의 몸이 되어있어야 하지 않는가?

활기차게 밖을 활보하며 아무에게도 구속이 없이 여유를 피우는 저들이 형철에게는 다시 한 번 밀려드는 쓸쓸함을 안겨다 주는 것만 같아서 억울함이 밀려온다.

많은 건물을 지나 고속도로에 진입하였다.

쌩쌩 달리는 고속도로 차 창밖으로 산과 들과 농가를 지나고 다시 높은 건물들이 보이나 싶으면 또다시 산과 들이 보이고, 반복되는 차창 밖의 시야들이 오고 가고 얼마쯤 지났을까?

고속도로를 벗어나자 춘천 소년원 표지판이 형철의 시야에 들어오는 것이 보였다.

형철이 떼를 쓰고 잘못을 빌어본들 이곳을 나가라고 하는 불상사는 일어나지 않을 것이다.

소년원 입구에 들어서자 운동장이 보이는 철문이 보이고, 철문 사이로 운동장에서 공을 차는 원생들이 형철의 시야에 들어왔다.

봉고차가 소년원 안으로 들어서고, 손목엔 수갑이 차이고 손목과 팔에는 포승줄이 묶인 채로 봉고차에서 내렸다.

운동을 하던 원생들이 형철을 향해 시선을 고정하는 듯 공을 차는 원생들과 주위를 걷는 원생들 모두 형철을 향해 시선이 멈춰지는 모습이 보였다. 포승줄이 풀어지고 손목에 수갑이 풀어졌다.

두 팔을 들어 겨드랑이에 맺혀진 땀을 식히기라도 하듯 양쪽 손으로 겨드랑이를 훑어본다.

이제 다시 시작이란 말인가?

아~ 슬픔과 쓸쓸함 억울함이 밀려온 탓인지 소리 없이 흘러내리는 눈물이 두 볼을 타고 흘러내리고 있었다.

무엇이 억울한가?

무엇이 서러움을 담아주고 있을까?

보고 싶다. 엄마, 누나, 형, 동생, 친구들이 미치도록 그립고, 보고 싶어진다.

다시 이곳에서 얼마를 더 살아야 이곳을 벗어날 수 있을까?

이곳을 탈출한 지가 벌써 2년이 넘어서고 있었다.

정확하게 말하면 이곳으로 다시 온 것이 2년을 넘어서는 것이다.

10개월은 도피 생활처럼 다니다가 패싸움으로 인해 구속이 되어

10개월이라는 실형을 선고받아 인천 소년교도소에서 10개월의 형을 복역하고, 다시 이곳으로 돌아오게 된 것이다.

길다면 길었고, 짧다면 짧은 시간의 여정들이 형철에게는 생활이 아닌 생활의 연속이 아니었나 한다.

구속되기 전 형철에게도 사귀는 여자친구가 있었다.

그녀는 지금 무엇을 하고 있을까? 왜 그녀가 보고 싶을까?

운동장에서 웅성거리기 소리가 들리기 시작했다.

형철은 자신을 향한 웅성거림이라 생각했다.

솔직히 어떤 말들이 오고 가는지 형철은 알지 못하지만, 그때!

"야, 빠삐용!"

"빠삐용!"

생활관에서 창문으로 형철이 묶여오는 것을 보며 형철을 향해 웅성거리고 있었다.

아마도 형철이 오늘 소년원에 오는 것을 선생님을 통해 소문이 퍼진듯했다.

지금이면 형철을 아는 애들은 한 명도 없을 것이다.

모두 퇴원했거나 다른 곳으로 옮겨졌을 것이다.

머리를 들어 소리가 나는 쪽으로 고개를 돌리자

"김형철! 머리 숙여!"

옆에 있던 선생님이 소리를 높이며 말한다.

형철이 강당에 들러 다시 소년원의 옷으로 갈아입고, 갖고 온 짐을 보관하자 형철을 데리고 독방으로 갔다.

독방에서의 생활은 형철을 미치게 만들었다.

만약 이곳으로 오지 않고 출소를 하였다면 지금쯤 동네인 천호동에 도착하여 친구들을 만나고 있을 텐데, 기다리는 가족의 곁으로 갔을 텐데…. 미칠 것만 같았다.

꽝! 꽝! 꽝! 요란한 소리를 내며 철문이 부숴지는 소리가 난다.

형철은 화를 이기지 못해 독방의 철문을 계속해서 발로 차고 있었다.

"시끄러워!"

"조용히 해!"

"야, 개새끼야!"

이리 저리에서 형철을 향해 소리 지르고 있었다.

"문 열어! 시X! 내가 왜 여기 있어야 해! X새끼들아 차라리 죽여라! 죽여!"

형철은 악을 쓰며 소리치고 있었다.

복도에서 여러 명의 발자국 소리가 들리고, 이내 형철의 곁으로 다가오는 소리가 들리더니 형철의 방문 앞에 멈추어 서고 문이 열렸다.

"이 새끼가 아직 정신을 못 차렸네!"

"보도실로 끌고 가!"

"차라리 죽여! 개새끼들아!"

"뭐야! 이 자식 이거 안 되겠구먼."

한 선생님이 들고 있던 6각 몽둥이가 형철의 어깨에 내쳐지자 "윽." 소리와 함께 형철의 어깨에 통증이 몰려옴을 느낌과 동시에

"놔! 개새끼들아!"

형철은 선생님들을 뿌리치며 몸부림을 쳤지만, 선생님들의 완강한 제지를 풀지 못한 채 육각 몽둥이가 다시 몇 차례 형철의 몸을 훑고 지날 때 형철은 어느새 보도실로 끌려가 손에 수갑을 차고 한참 동안을 짓밟히고 나서야 바닥에 무릎을 꿇고 앉을 수 있었다.

"김형철."

선생님의 부르는 소리에도 형철은 가만히 앉아서 대꾸도 하지 않았다.

"너 뭔 불만이 많아서 그래?"

"죗값 다 치렀다고 봅니다. 저는 이제 성인입니다. 스무 살이 넘었다구요!"

큰 소리로 또박또박 설명하였다.

"그래서 스무 살이 넘으면 이곳에서 지은 죄가 무효라 하더냐?"

"그렇게 알고 있습니다."

"이 자식 아주 당돌하네. 김형철, 잘 들어 임마! 여기 소년원은 만으로 스물다섯이 넘어야 이곳의 제지를 받지 않는 거야. 어디서 이상한 소리를 들어가지고 자식이~."

"김형철! 너 서울에서 처음 이곳에 왔을 때 원장 선생님이 물었지? 이곳에서 생활 잘할 거냐고? 그때 네가 원장 선생님에게 뭐라

한 줄 알아? '생활을 좀 해봐야겠습니다.' 기억나!? 그때 선생님이 옆에 있어서 똑똑히 들었어. 선생님은 그래도 서울에서 보내온 너에 대한 의견서를 보고 착하고 생활을 잘할 거라는 믿음을 가졌는데, 선생님들한테 악을 쓰고 욕을 하고 선생님들이 너에게 전생에 무슨 죄를 지었니?"

김용환 선생님은 한숨을 쉬더니 다시 말을 이었다.

"너희 때문에 선생님 몇 명은 그만두고, 몇 명의 선생님은 징계를 먹고 다른 곳으로 옮겨진 것을 알아!? 선생님들이 오죽했으면 네가 죽이고 싶도록 밉겠냐? 너 때문에 원장 선생님도 퇴직 얼마 남지 않았는데 그만두시고~."

선생님은 여기까지 말씀을 하시더니 창 쪽을 바라본다.

형철은 선생님의 말씀을 들으며 자신이 얼마나 많은 사람에게 용서받지 못할 죄를 지었다는 것을 알 수 있었다. 형철의 머리가 땅바닥을 향해 떨구어졌다.

"형철아, 너도 이제 스무 살이 넘었다. 네가 너로 인해 피해를 본 선생님들을 조금이라도 생각한다면 있는 동안 친구들하고 싸우지 말고 네가 용서받기 위해 반성하는 모습을 보여줬으면 좋겠구나."

"죄송합니다. 선생님."

형철은 진심으로 선생님의 말씀을 듣고 잘해야겠다는 다짐을 하게 되었다. 이날 이후로 형철은 잠은 독방에서 자고, 낮에는 수갑을 차고 복도에 무릎을 꿇고 하루 종일 앉아있는 생활이 반복되었다.

지나다니는 선생님들은 형철의 뒷머리를 때리며 "앞으로는 그러지 마라." 하면서 지나치기도 하였다.

형철은 참아야 했다.

눈물을 흘리며 참고 참았다.

두 달 가까이 똑같은 생활이 반복되었고, 형철은 독방에서 벗어나 손에 채워진 수갑을 풀고 생활관에 합류하게 되었다.

생활관에는 30여 명의 원생이 있었다.

열여섯부터 스무 살에 이르기까지 모두 함께 생활한다.

이들 중 형철의 나이가 가장 많았다.

모두 형철에게 형이라고 불렀다.

며칠간의 시간은 생활관에 다시 익숙하게 되었고, 함께 생활하는 사람들과 모두 거리낌 없이 친해질 수 있었다.

하지만 이것도 잠시, 형철은 다시 대전 소년원으로 옮겨가야만 했다.

탈출을 하거나 원내에서 부정행위로 몇 번 적발 되거나 싸움을 자주 하는 사람들은 다른 곳으로 보내버리기 때문에 어쩔 수 없었다.

대전 소년원으로 옮겨진 형철은 아이들이 잘 따라주었고, 편안한 마음으로 몇 개의 자격증을 취득할 수 있었다.

일하는 시간을 제외하고는 하루도 게을리하지 않은 탓에 중학교 검정고시에 합격할 수 있었다. 다시 고등학교 검정고시를 취득하기 위해 열심히 노력한 끝에 8월에는 중학교를, 4월에는 고등학교 검정

고시를 취득할 수 있었다.

처음 구속이 되어 탈출을 하고 도둑질을 하며 보내버린 3년이 넘는 시간은 법과 사회에서는 있어서는 안 될 한 사람이었다. 말 그대로 사회의 악이었다.

길고도 긴 시간 속에서 형철 스스로를 뒤돌아보고 사회의 꼭 필요한 사람이 되어야겠다는 뼈저린 반성과 깨달음으로 사회로 돌아왔고, 형철의 출소 날까지도 민영의 소식은 들리지 않았다.

뼈저린 시간을 가졌던 것은 어쩌면 춘천 소년원에서 보낸 시간 속에서도 선생님의 한마디 한마디에서 각오가 되지 않았나 한다.

어린 시절. 중학교 2학년을 다니다
가 무작정 시골에서 서울로 상경하여 갈 곳도 없고 배고픔에 굶주
리고 있을 때 골목 어귀에서 어린아이가 핫도그를 먹고 있는 것을
보았습니다. 살며시 다가가 "이것은 이렇게 먹는 것이 아니란다. 형
아가 맛있게 먹는 법을 알려줄게." 하며 한 번, 두 번 핫도그를 베어
먹다 보니 거의 다 먹어버리게 되었습니다. 마지막 막대기가 보이자
어린아이는 동그란 눈으로 바라보다가 갑자기 울음을 터트리며 "엄
마, 엄마!" 하면 겁이 나서 죽어라 도망가던 그런 때도 있었습니다.

사람들은 대부분은 죄를 짓고 삽니다.

죄를 짓고도 호화스러운 집에서 떵떵거리며 사는 사람이 있는가
하면 죄를 짓고 감옥에 갇혀 후회하는 사람, 또는 다른 사람의 죄
를 뒤집어쓰고 억울하게 감옥살이를 하는 사람, 대신 돈을 받고 자
기가 죄를 지었다고 하고 감옥살이를 하는 사람도 있습니다. 죄의
무게를 놓고 '누구는 얼마의 죄를 짓고, 누구는 얼마의 죄를 짓고'
이렇게 얘기하지만, 제가 생각하는 죄의 무게는 모두 같다고 생각
을 합니다.

성경에 보면 죄 없는 사람은 한 사람도 없다고 했습니다.

어느 날 간음한 여인을 향해 "누구든지 죄짓지 않은 자가 있거든 저 여인에게 돌을 던져라." 했지만, 이 여인에게 돌을 던진 사람은 한 사람도 없었습니다.

이렇듯 우리는 우리가 어떠한 죄를 짓고 사는지 모르고 삽니다.

어느 날 동생이 급하다며 둔촌동까지만 태워다 달라고 해서 그러기로 하고 운전을 하여 둔촌동 사거리에 거의 다다랐을 때 신호등에 걸려 정지를 하고 있는데, 버스 사이로 자전거 한 대가 빠져나오더니 형철의 차 앞에서 넘어졌습니다.

넘어진 사람은 70이 넘은 노인이었습니다.

형철은 차에서 내려 "괜찮으세요?" 여쭤보자 노인은 허리가 아프다 하여 형철은 이 노인을 근처의 병원에 모셔다드렸습니다. 치료 잘 받으시라고 하고 동생을 데려다주고 집으로 돌아왔습니다.

그런데 며칠이 지난 어느 날 집으로 형사 세 명이 와서는 갑자기 형철의 손목에 수갑을 채우고 뺑소니범이라고 긴급체포한다고 하며 경찰서로 연행하였고, 형철의 말은 하나도 들어주지 않고 구속시켰습니다.

누가 죄인이란 말입니까?

이것이 우리나라의 법입니다.

그래서 우리나라의 법이 조지법이라 합니다.

돈 없고 빽 없으면 죄가 없어도 죄를 만들어 주는 나라. 물론 다 그렇다는 것은 아닙니다.

오죽하면 '유전무죄 무전유죄'란 말이 나왔을까요? 이것이 세상 살아가는 길에 우리가 겪어가는 순서인지도 모르면서 살아갑니다.

우리는 살얼음 위를 걷는 것처럼 조심하지 않으면 안 됩니다.

돌다리도 두드려보고 걸으라 하지 않았던가요?

형철은 법이 만든 울타리에 갇히지 않아야 하는데도 몇 번을 갇히는 억울함을 많이 겪었습니다.

지금이야 인권이네 뭐네 하지만 전에는 이유 없는 물고문에, 하지 않은 것까지 했다고 해야만 물고문이 멈춰지는 일들이 숱하게 많았습니다.

한 번 죄를 지은 사람은 죄의 소굴에서 벗어나기 힘들게 만들어진 것이 대한민국의 법입니다.

사람은 누구나 착하게 살기를 원합니다.

사람은 누구나 가치 있는 삶을 살기를 원합니다.

형철도 착하게 살고 싶었습니다.

자유롭게 살고 싶었습니다.

부모님과 가족들이 있는 한집에서 웃고 또 웃으며, 그냥 평범하게 살고 싶었습니다.

어떠한 선택도, 어떠한 행동도 형철의 권한이고 형철의 선택이었기에 형철은 따뜻한 가족의 품을 벗어나 무작정 서울로 상경하게 된 것이 형철의 인생에 잘못된 시작이라는 것을 그때는 느끼지도 못했습니다.

이 글을 쓰는 동안 가족의 마음에 얼마나 많은 가슴 아픈 일들을 안겨다 주었는지 깨달을 수 있었습니다.

만약 내가 소년원에서 더 나빠질 수도 있었지만, 선생님들의 좋은 말 한마디 한마디를 흘려보내지 않기에 지금의 내가 있지 않았나 합니다.

이런 시간들이 어떻게 흘러서 왔는지는 잘 알지만 그래도 형철이 선택한 길이었고, 형철의 어리석음으로 인한 죄의 값이라고 생각합니다.

감사합니다.